一宵冷雨 半世浮萍

纳兰容若词传

柳七公子 著

北方联合出版传媒（集团）股份有限公司

万卷出版公司

ⓒ 柳七公子 2019

图书在版编目（CIP）数据

一宵冷雨，半世浮萍 : 纳兰容若词传 / 柳七公子著
. — 沈阳：万卷出版公司，2019.1
（万卷·人物）
ISBN 978-7-5470-5070-5

Ⅰ．①一… Ⅱ．①柳… Ⅲ．①纳兰性德（1654—
1685）—传记②纳兰性德（1655-1685）—词(文学)—诗歌
欣赏 Ⅳ.①K825.6②I207.23

中国版本图书馆CIP数据核字（2018）第237121号

出 品 人：刘一秀
出版发行：北方联合出版传媒（集团）股份有限公司
　　　　　万卷出版公司
　　　　　（地址：沈阳市和平区十一纬路25号　邮编：110003）
印 刷 者：辽宁新华印务有限公司
经 销 者：全国新华书店
幅面尺寸：145mm×210mm
字　　数：200千字
印　　张：8
出版时间：2019年1月第1版
印刷时间：2019年1月第1次印刷
责任编辑：张洋洋
责任校对：高　辉
装帧设计：张　莹
ISBN 978-7-5470-5070-5
定　　价：39.80元
联系电话：024-23284090
传　　真：024-23284448

常年法律顾问：李　福　版权所有　侵权必究　举报电话：024-23284090
如有印装质量问题，请与印刷厂联系。联系电话：024-31255233

目录

1

我是人间惆怅客

　　他，是上帝的宠儿，是一世风流、至情至性的男子。他有俊朗、潇洒的容颜，亦有横绝的才华；他有令世人瞠目的极好家世，他不是人间富贵花，他是这阡陌红尘中一朵花期短暂的昙花，绽放在显赫的天皇贵胄之家。他文武兼备，文能吟风弄月、博通经史，武亦善于搏击、精于骑射。他是一代帝王康熙身边的御前一品带刀侍卫、随身近臣，他的头上戴着"清朝第一才子"的美冠。

　　他就是纳兰容若。

　　他的词堪与南唐后主李煜、北宋晏几道相媲美，所以被称"清代的晏小山"。他是词坛的一座丰碑，与陈维崧、朱彝尊并称"清词三大家"。

　　王国维在《人间词话》里评说他："以自然之眼观物，以自然之舌言情，以初入中原未染汉人风气，故能真切如此，北宋以来，一人而已。"

　　周颐在《蕙风词话》中赞誉他为"国初第一词手"。

　　他不喜欢政治，却身在喧嚣官场。他是名副其实的官二代、富二代，拥有这个世间凡俗的男子倾尽一生都追逐不到的坦荡的仕途生涯。他置身朱门广厦，却视功名利禄如粪土。

他是清代名相纳兰明珠的长子，满洲正黄旗人，地道的满族八旗子弟，原名成德，字容若，小名冬郎，号楞伽山人。他少年有才名，诗词、书法、绘画样样精通。他性格忧郁多情，偏又青衫落拓；他是绝世的情种，一生被情所困，为情所伤。

他没有八旗子弟的纨绔与奢靡，"身世悠悠何足问，冷笑置之而已"。他宛若出水的荷，带给这流俗的人世间一片清雅。他幼有词才，10岁便出口成吟，才名远播；17岁入国子监读书，师从徐乾学；18岁参加顺天府乡试，高中举人；19岁编撰书籍《通志堂经解》与《渌水亭杂识》；22岁殿试，中二甲一等，康熙赐进士，钦点为三等御前侍卫，后晋升一等御前侍卫，武官正三品。他的人生璀璨耀眼，曾伴驾北巡大漠，出塞外，战辽东，也曾独自爬冰卧雪执行军事行动。他是纵横官场的时代精英，行走在亨通的官途，鞍马扈从之余，完成了很多著作。

他20岁名满天下，以词作立足于大清词坛。24岁，他著五卷《侧帽词》《饮水词》刊行于世，后精挑细选342首另结集取名为《纳兰词》。现存诗作349首（一说342首）。

人间情多，他却情深不寿。

他爱妻子，料应情尽，还道有情无；他爱表妹，奈何，十年青鸟音尘断；他爱沈宛，却任她，心字已成灰。

他的一句"人生若只如初见"惊艳了大清词坛，道出了多少悲苦与心酸。他待朋友全心全意，"我是人间惆怅客，不知何事泪纵横"诠释地厚天高金兰情。奈何，他把遗憾与伤痛隐于词的背后，他言诀别，却不忍诀别，叹只叹，"留君不住我心苦"。

他有畅谈人生的知己，有倾心相爱的妻子，有寄托忧思、刻骨铭心的红颜。他有令人艳羡的身份、地位，却不幸福。他坚强又柔软，忧郁又乐观，他是一个矛盾的综合体。他于富贵、自由之间徘徊，于世俗前卫之间挣扎，伤情彻骨。

寒疾再度来袭时，他一病不起，与好友相聚，薄醉，一咏三叹，年仅 31 岁，英年暴卒，令人唏嘘。

拈一朵情花，轻吟着他惊艳了时光的词，书写我心中的容若，和读者一起分享这位人间惆怅客非同寻常的故事，细细品味纳兰心事。

第一章

乌衣门第：浊世翩翩佳公子

有一种爱，叫人生若只如初见

这世间，有一种爱，叫人生若只如初见。

他的前世，便是一株不染纤尘的出水莲，他怀揣着一颗剔透的水晶心，只为了这尘世间温暖的烟火，降临到这个喧嚣的世界。

他的一生如那年那月最璀璨的烟花，绽放在人生最美的季节。

他宛若这世间最凡俗的男子，终也没有逃过生命的短暂轮回。他空灵若雪的心事，化在他的妙词里，写在爱人的睡梦中，刻在朋友无法遗忘的心坎上。

这世界，他来了；这世界，他来过。他的一颦一笑，一举手一投足，他的每一滴情泪，恰如他的词里写的那样："洒尽无端泪""泪咽却无声"。

现代诗人徐志摩曾这样形容他："纳兰容若君度过了一季比诗歌更诗意的生命，所有人都被甩在了他橹声的后面，以标准的凡夫俗子的姿态张望并艳羡着他。但谁都知道，天才的悲情却反而羡慕着每一个凡夫俗子的幸福，尽管他信手的一阕词就波澜过你我的一个世界，可以催漫天的焰火盛开，可以催漫山的荼蘼谢尽。"

> 人生若只如初见，何事秋风悲画扇。
> 等闲变却故人心，却道故人心易变。

他的故事以华丽开始，随着他突然暴卒落寞地结局。

在这样一个凉风习习的初夏之夜，泡一杯清茶，品几阕好词，偷偷在历史的烟波里掬一捧锦瑟流年，望一望近五百年前的过去，望一望五百年前的容若，望一望那些仅属于他的温柔时光。

时光，在缱绻岁月里，老了又老；时光都来不及，来不及挽留住他匆匆的脚步，来不及细细体味他的风情、他的好，最耀眼的星辰便过早坠落了。

他功名轻取，然而这些在他眼里也不过是些俗物而已。他站在金字塔的顶端，把浮名换了浅斟低唱，写下旷世的词章。

《红楼梦》里说，男儿是泥做的骨肉，女儿是水做的骨肉。可纵使他是泥做的骨肉，他的心里偏偏没有那些污浊不堪的东西，也没有八旗子弟的纨绔与奢靡。

他像极了宝玉。他的爱情，何尝又不是"空对着，山中高士晶莹雪，终不忘世外仙姝寂寞林？"爱而不得，有时甚至守护不了，令他愁苦万分。

若是人生真的能够穿越或是重生，我愿意为他，长袖独舞，舞尽这微醺的流金岁月，抬素手，拂却他那展不开的眉间的浓重的心事。

别有根芽，他不是人间富贵花

北京，古老的皇城，历史和人事几度变迁，明府也几易其主。容若去世三年后，明珠罢相，家道开始衰落。乾隆年间这里成了成亲王永瑆的府邸，后引玉河之水入园，将园中一亭命名为恩波亭。光绪十四年（1888），光绪父亲醇亲王奕譞成了这里的主人。后溥仪诞生，这里升格潜龙邸。1963 年，前面小楼改为宋庆龄故居。

假山亭台，花团锦簇，遮不住的青山隐隐，流不断的碧水悠悠。还是那柱朱红的门楣，容若的雕像就坐落在那几排台阶下，他盘腿而坐，眉眼弯弯。他坐在历史的时光里，笑意盈然。

没有了昨日的门庭若市，没有了喧嚣的车水马龙，钢筋混凝土的现代都市里，我们行色匆匆奔行在这个世界上，不知道还有多少人会驻足，来这里找寻容若曾经遗留下的痕迹。

渌水亭遗迹已模糊，湮没在历史长河中，而成亲王建的恩波亭犹在，那几个光洁的石凳圆桌，还残留着历史的余温。容若和他的朋友们曾经坐在这里，或写诗，或填词，或作画。还有那株容若亲手种下的枝叶繁茂的明开夜合树，三百年风风雨雨，它却还孤独地伫立在这里栉风沐雨。靠近这棵树，掬一枚碧绿的叶子，放在掌心，触摸着它清晰的叶脉，感觉容若还在这里。

王府依旧，静静聆听容若的声音，听他正在吟诵着灵动曼妙的小令长调。后海的夕阳慵懒地在水面上平铺，空气静谧，岁月静好，现世安稳。

北方有郎，温润如玉。容若便是那生在高门中的贵公子，18岁的容若，骨子里流淌着叶赫那拉氏和爱新觉罗氏混合的血液，带着与生俱来的绝世才华，在清代的太平盛世里，出落成一个超逸脱俗、青衫落拓的金鞭美少年。

他天生贵胄，过着锦衣玉食的生活，没有坊间男子生活的重压，亦没有生活的烦忧。他不必为生计而发愁，亦不用为了求学而辗转奔波。容若的人生自开始便匡定了这样的模式，即便他自身不努力，只是一个平平的少年，他也会按照父亲铺好的道路平平稳稳走下去。

可是在容若的眼里，这些在别人看来得天独厚的条件，他并不多么看重。他是最真、最痴、最坦诚的男子，他只知道真实地对自己、对亲人，对待他生命中出现的每一个人。父亲终日在朝中忙碌，容若想必和南唐后主李煜、北宋的晏小山一样，长于妇人之手。因为女子较男子来说更容易熏陶出一颗多愁善感的玲珑心。

他的父亲纳兰明珠有着非同寻常的个人魅力。他性格老练、沉稳，为人热情谦和，又能言善辩，做事干净利落，满汉文皆通，是天生的政客。

纳兰明珠本身就是一部励志传奇，他从基层做起，从一个小小的侍卫到内务府郎中、内务府总管、礼部尚书、刑部尚书、左都御史、兵部尚书，接着又做太子太傅、太子太师、武英殿大学士，大清中央机关的要害部门一把手轮流做了一个遍。他官居内阁 13 年，掌仪天下之政，权倾朝野，议撤三藩，统一台湾，抗击外敌，治黄河水患……后居相位 20 载。纳兰家族，也鲜花着锦，荣华不绝，在爱新觉罗的大清王朝发展到了极盛。

史书上记载说明珠"好施予，尤喜寒士"。明珠"文武兼修，德才兼备"，也是一位教子有方的好父亲，他为容若提供了一个宽松优渥的生活环境，容若喜与布衣寒士交往，对朋友一片冰心，从没有世俗的眼光。容若的性格和个人的爱好与特长，与父亲的遗传和耳濡目染无不息息相关。

容若的《采桑子·塞上咏雪花》写道：

非关癖爱轻模样，冷处偏佳。别有根芽，不是人间富贵花。

谢娘别后谁能惜，飘泊天涯。寒月悲笳，万里西风瀚海沙。

流淌着叶赫那拉和爱新觉罗混合血统的容若，生来就披着乌衣公子高贵的轻纱，轻纱掩映里却是他高贵的灵魂，这一切都与家世、地位无关。他偏偏生就了多愁多病的身，生着一颗敏感多情又多愁善感的心，他有别样清幽、冷处的性情，拥有诗人纯粹冰洁的气质，带着一种出世的美，让他成为天生忧郁、清雅淡泊、独具魅力的男子。

容若的老师徐乾学曾评价他"偕诸举人青袍拜堂下"，意思是说他举止贤雅，没有半点相国公子的骄矜和浮华。容若拥有健全的人格、高洁的人品、至真至诚的个性，这些都离不开明珠悉心的调教和后期的教诲。

父亲希望容若能成长为一匹北方的狼，能在大清这个强者的国度里，蜕变为一个真正的强者。可他偏偏对身外之物毫不在意，宛若这尘世间的尘埃都不能靠近他的心。

他孱弱多病，这和他的性格有着千丝万缕的联系。或许，就是因为容若对政治不感兴趣，才使他在词坛一枝梨花压海棠，和南唐后主李煜一样，国家不兴，词家兴。若容若成长为一个父亲那样长袖善舞的政客，那么，容若便不再是容若。

即便是在以后，容若在铺满鲜花的官途上平步青云，做了御前侍卫，却也没有让他有半点的安慰。因为容若有一颗水晶般透明的玲珑心，他心比天高。他不贪慕名利，却心怀家国梦。

30年的人生，9年在官场之巅，大内侍卫，风光又显赫，可是这样的工作与他心中的理想一定是相距甚远，所以他才会写出"向樽前，拭尽英泪""遇酒须倾，莫问千秋万岁名"的沉郁之词，字里行间是壮志难酬的无奈。

容若是被上帝宠坏的孩子，他的一生恰好是父亲官运亨通的时代。宛如《红楼梦》里的宝玉一样，多情的容若先逝，所以他没有目睹纳兰家族家破人亡的悲剧。

生命之花绽放得最灿烂时，他陨落在银河。历史的烟波浩荡，再一次把他渡到世人的眼前。捧读《饮水词》，祈祷他在那个世界，不再是冷暖自知。

容若显赫的贵族身世

北京。

时令已是数九隆冬。临近年关的大清纳兰明珠府邸，一片喧嚣与忙碌，一声婴儿清脆的啼哭，打破了寂夜的宁静。

20岁的明珠按捺不住初为人父的欣喜，轻轻抱起那个粉嫩的小婴儿。

旧的一年已写到了岁末，新的一年在萧瑟寒风中疾步君临。新的小生命，给这个富贵之家带来了喜庆、吉祥和福音。

大清的自鸣钟定格在了顺治十一年（1654）农历腊月十二，这个婴儿便是明珠的长子，纳兰性德。

历史永远铭记这一个特殊的日子，因为这个别有根芽的孩子，长大后成为翩翩浊世的佳公子、清代著名的词人，蜚声清代词坛，才名满天下。

年轻的父亲、母亲，呱呱落地的孩子，被历史的相机抓拍在大清的相册中，父母一脸幸福与甜蜜，婴儿可爱恬静如花。

这不是一个普通的大清子民的家，亦不是普通的知识分子家庭，而是将来权倾一时的康熙朝权相纳兰明珠的家。而此时，明珠还只是皇宫大内一个普通的侍卫。

关于容若的身世，他的那一阕《采桑子》中"非关癖爱轻模样，冷处偏佳，别有根芽，不是人间富贵花"是最恰到好处的诠释。

他不是人间富贵花却生在富贵之家，这一生注定钟鸣鼎食。他是山中高士晶莹雪，他是佛前那朵青莲。他豪放，他婉约，他遗世独立，他不染世俗的纤尘。

满庭芳

> 堠雪翻鸦，河冰跃马，惊风吹度龙堆。阴磷夜泣，此景总堪悲。待向中宵起舞，无人处、那有村鸡。只应是，金笳暗拍，一样泪沾衣。
>
> 须知今古事，棋枰胜负，翻覆如斯。叹纷纷蛮触，回首成非。剩得几行青史，斜阳下、断碣残碑。年华共，混同江水，流去几时回。

这一首词就是容若扈从东巡时，在叶赫部曾经生活过的地方作的。这里也曾烽烟四起，也曾兵戎相见。

容若先祖是蒙古人，原属土默特氏，后来蒙古部歼灭了女真纳兰部，占领了纳兰的领地，迁至叶赫河岸（今吉林四平市东区），其后竟然莫名其妙地放弃了自己的姓氏，改为叶赫那拉氏，所以容若便是望族海西女真叶赫部的后代，即后世所称的叶赫那拉氏，满洲正黄旗人，是清朝满族八大姓里最有权势的家族。

明初，满洲被一分为三：海西女真、建州女真、野人女真。这三大部族之间以建州女真势力最强。明末努尔哈赤领导的爱新觉罗家族与叶赫贝勒金台石领导的海西女真叶赫那拉家族成为满洲的两大势力派系。

当时为了抗击他们共同的敌人大明朝，这两大部族之间便开始搞政治联姻。努尔哈赤娶了金台石的妹妹孟古格格，于是金台石便成了努尔哈赤的大舅哥、皇太极的亲舅舅。恰好，金台石又是纳兰明珠的爷爷、纳兰容若的曾祖父，叶赫部落首领贝勒。

所以纳兰家族与皇室之间有着密不可分的关系。而纳兰明珠出生时，叶赫部已经告别了昨日的极盛转为没落，可即便如此，明珠依然从小就有机会接近皇室。

天命四年（1619），努尔哈赤大败叶赫部，金台石被困宁死不降，愿与叶赫共存亡，他以自焚的方式与叶赫一起灰飞烟灭在历史的烽烟里。临死前，他诅咒：我叶赫那拉氏，就算只剩下最后一个女子，也要灭了大清王国。

大清延续到清末，政权旁落到慈禧手里，她执掌权柄 47 年之久，最后大清没落直至亡国。不知道这是不是当年金石台一语成谶。

所以，民间便流传着叶赫那拉氏和爱新觉罗氏之间有着天高地厚的恩怨情仇，并世世代代相传。

叶赫降了爱新觉罗，满洲入关，容若的爷爷尼雅哈降清被授骑都尉，从此后纳兰家族被划为满洲正黄旗。到明珠这一代，那血仇深恨早已在历史的长河中化作朵朵浪花。当容若再一次站在祖先当年厮杀的古战场，面对"斜阳下、断碣残碑"，胸中边愁浩荡，也奔流着往昔的恩怨情仇。

纳兰家族因为封建贵族制度而世代为官，而明珠作为次子，却没有资格继承他父亲的世职和爵位。明珠除了身上流淌着叶赫那拉氏的高贵的血液，并没有从父辈人那里得到任何实惠和好处，也只能靠自己的聪明才干在官场上打拼上位，最初的明珠只是顺治朝的一名小小的大内侍卫。

他仿若是天生的政客，有着非同寻常的个人魅力。他性格老练、沉稳，为人热情精明，又能言善辩，满汉文皆通。他很快在官场中脱颖而出，升职为銮仪治仪正。

机遇总在不经意间踩着岁月的节拍光临，顺治的时代过去了，康熙的时代到来了。官途的鲜花，绽放在明珠的花园，他升职了，幸运地到了清代规模最大的机关内务府管理皇家事务。

他最初的职务是内务府郎中，工作纷杂又琐碎，分管内务府堂上事务和附属文官的选拔和授官，但这都难不倒明珠。三年，明珠便顺利升为内务府总管。

明珠，一丝不苟，兢兢业业，把这份工作做到了极致，他是一个最称职、最忠实的管家，分管着皇家的后勤工作。他的能力和敬业，注定了他的官途将一帆风顺。

就在这个节骨眼上，明珠却被康熙降职易岗，从二品的内务府大总管降为从四品的侍读学士。

塞翁失马，焉知非福。此次降职，却让明珠戏剧性地从幕后走到了大清的前台。从此，好运便再一次照亮明珠的官途，明珠头上的光环越套越多，越套越大。

明珠在一代明君康熙治下，成长为一个老练的政客。一荣俱荣，纳兰家族水涨船高，荣华不绝，在爱新觉罗的大清王朝发展到了极盛。

"月满则亏，月满则溢，登高必跌重。"明珠的成长与升迁伴随着大清王朝的兴衰起起落落，晚年因为朋党之争，与清政府内另一大派系索额图争个你死我活，被康熙罢黜相位。

"为官的家业凋零，富贵的金银散尽……"明珠官路的崩断导致家破人亡，纳兰家族再也没有了往日的繁华，曾经的盛极一时，都化成过眼云烟。

"萧索了，不必先时的光景。"虽然，没有被抄家没籍，晚年明珠甚至还被官复原职，可是纳兰家族却再也回不到往日的极盛，明珠忧郁地活着，病逝在府中。

纳兰家族如演绎着它自己的《红楼梦》，唱着那曲《好了歌》，湮没在历史的尘烟里。宝玉，先出家了，并没有看到大观园被抄家；容若，先卒，也没有目睹家亡人散的悲剧，这或许是上苍对他的另一种补偿和仁慈。

容若的母亲爱新觉罗氏，是英亲王爱新觉罗·阿济格的第五女。

爱新觉罗·阿济格，清初名将，是努尔哈赤的第十二子，纳兰明珠的岳父，多尔衮和多铎的同父异母的亲哥哥。他骁勇善战，立下赫赫战功。他在山海关之战中打败过李自成大顺军，在九江招降明军左梦庚部。

他于顺治元年（1644）被封和硕英亲王，授靖远大将军，地位仅次于四大贝勒，但阿济格却比多尔衮少了些政治头脑。

多尔衮死后，阿济格想继任他的摄政王职位，结果被幽禁革除王爵，削除宗籍，最终被顺治帝赐死。

而明珠恰恰是在这一年娶了爱新觉罗氏，这是叶赫那拉氏和爱新觉罗氏的第二次通婚。这一桩政治婚姻，却没有成为明珠在官场扶摇直上的登天梯子。

别人都傍上政治婚姻，为自己构筑强有力的官场堡垒，而明珠的成功多半都是靠自己。

王公贵族家的小姐自然性格上多了些乖戾和强悍。但是，复杂的政治婚姻却把他们紧紧拴在一起。特别是在家族的大厦倾倒之后，明珠和爱新觉罗氏还是相依相偎一起携手共度着流金岁月。抛开政治联姻的外壳，还有凡俗男女之间的相依与爱恋。

容若一出生就被命运布置到这样一个富贵的家里，沐浴着父母的宠爱慢慢长大。

长大后的容若曾在一个阳光灿烂的午后，和父亲一起谈心，听明珠讲那年那月纳兰的祖上流血征战，讲自己从一个官场小字辈变身官场达人的故事和经历。男人的世界多是权力和理智，容若时常凝视着阳刚又成功的父亲，父亲是他的偶像，而父亲的事业却让他望尘莫及。

他这一生注定要走上一条和父亲截然不同的路。

家中少年叫成德

雪落京城，小容若懵懂地来到这个世界上，给这个家带来了新的生机，让这个年根儿下的大家族充满温馨。

母亲喜笑颜开，父亲一脸欣慰。府里上上下下连仆人的脸上都洋溢着喜气。20岁的明珠，还只是一个小侍卫。初为人父，他和普天下最寻常的父母一样，愿意把这世间最好的一切都给自己的孩子。

容若的出生，激起明珠内心深处更重的责任感和使命感，他一定会比以前更加努力打拼，让儿子生活得快乐幸福。

明珠，手捧着花蕾一样初绽、眉目如画的小容若，给他取名"成德"。

他像天下最寻常的父亲一样，一定要给自己的儿子取一个诗情画意又有内涵的名字。明珠对汉文化情有独钟，为给儿子取名之事，他翻遍了四书五经，翻遍了所有可以查阅的书籍。

"惟俭可以入廉，惟恕可以成德。"这一句取自《宋史·范纯仁列传》。这一句是适合廉政的，意思是说，勤俭节约使人廉洁奉公，待人宽容有利于一个人良好品德的养成。

明珠给容若取这样一个名字，希望他的儿子能健康长大，成为一个拥有良好品德的人，若是不能建功立业，只要他做一个有良好品格的人便好。若是容若能和自己一样，做一个大清的官员，那么明珠愿意他做一个清官。对于长子，年轻的明珠到底寄予了多么高的希望，只有他自己知道。

"父母之爱子女，则为之计深远"，天下做父母的无一不是想把这个世间最好的东西都给自己的孩子。明珠也不例外。单从这一个名字的由来上，明珠便费尽了心思。

关于容若名字的由来，传说还有另一个版本。明珠貌似今天的我们，当孩子还在妻子肚子里孕育的时候，便迷信地去寺庙求神问卦，求大师赐一个吉利的名字。

据传当时北京城有一家名曰广源寺的佛门净地，那里香火颇旺，逢生儿育女、外出经商、科考求功名，都要到寺里去抽个签，占卜自己的前途。那天明珠夫妇去了寺庙，请法师帮忙给自己未出世的孩子赐一个名字。法师问过了明珠夫妻的身份、生辰八字之后，便说出了《易经》的这句话：

"君子以成德之行，日可见之行也。"

它的意思是君子以成就道德作为行动的目标。引申的意义便是，一个人要成长便需在日常生活中磨炼自己的心性，锻炼自己的意志。人生是一种修行，品德亦是，心怀理想却不好高骛远，安于平淡却不放弃追求。不求一世轰轰烈烈，惊天动地，但求一世活得认认真真。

都说，爱是天时地利的迷信。父母之爱是，男女之爱亦是。

"望子成龙，望女成凤"这句话适用于天下所有的父母。

容若到底也没有辜负父亲的期望，他不仅成德，而且成才，成了词坛奇才，真的拥有了不凡的人生。

容若终于有了大名，明珠夫妇又给孩子取了一个朗朗上口的乳名，名曰"冬郎"，因为容若是腊月出生。

但历史有许多的巧合，容若的这个乳名恰巧是晚唐著名诗人韩偓的字。

在《唐诗经事》卷记载："偓小字冬郎，义山云：尝即席为诗相送，一座尽惊，句有老成之风。因有诗云：十岁裁诗走马成，冷灰残烛动离情。桐花万里丹山路，雏凤清于老凤声。"

韩偓，是个神童，十岁时送别姨父李商隐，即席赋诗，满座皆惊，李商隐后来便回了这首七绝给外甥，说小外甥的才华早在自己的父亲韩瞻之上，所以才有了"雏凤声清"的典故。

明珠，为儿取名"冬郎"大概是希望容若能成为韩偓那样的神童吧。

古人不仅要有学名、乳名，还要有自己的字。容若，便是他给自己取的字。名字和字要有扣合关系、因果关系、同用关系、呼应关系等，且先名后字。自己姓纳兰，名成德，字容若，这名和字之间倒也能互相关联，后来朋友们也有按汉人的习惯称他为成容若。

容若的名字成德，伴随着他一直到二十多岁。后来因为康熙的皇太子胤礽，乳名保成，容若的"成德"触了太子的名讳，所以容若便改"成德"为"性德"。

启蒙，小荷才露尖尖角

　　家有少年初长成，10岁的容若，明眸皓齿，出落成一个俊朗儒雅的美少年。

　　他是豪门世家子弟，亦是最纯正的八旗子弟。清初的八旗子弟并不是清末那种终日领着月钱、无所事事的纨绔子弟。因为清朝建国不久，整个大清处在蓬勃向上的状态，社会上的风气是清正廉明的。

　　大清朝帝王非常注重对皇子的教育，因为他们目睹了大明的灭亡。打江山容易坐江山难。一个国家一个民族，要居安思危，才不会被历史发展的大潮吞没。

　　大清的统治者早已意识到，知识改变命运，习惯成就未来。大清多半皇子，诗词歌赋、精史、骑射样样皆通，鲜有纨绔子弟。所以清代帝王的整体素质在中国历代王朝中皆为上乘，有的堪称一流。

　　明珠终日出入宫廷，对于宫廷中的帝王对皇子的教育方式耳濡目染。所以，容若自小便接受着最新式、最严格的教育。

　　容若和紫禁城里那些尊贵的皇子们一样，不仅文要学汉文、满文，还要读"四书五经"。武要学骑马射箭，因为那是祖先马背上遗传下来的立足于这个社会生存的功夫。况且明珠希望自己的儿子能成长为一个德、智、体全面发展的全才，将来做一个对大清有用的人。

父母是孩子的第一任老师。在容若的眼里，父亲是个最特别的人，也是最有魅力的男人。自己周边的满人，会说汉语的人简直凤毛麟角，而父亲却能把汉语说得跟满语一样流畅。

父亲公务繁忙，他鲜有读书的时间，家里的藏书却汗牛充栋，小容若便时常流连在父亲的书屋。

现代画家李苦禅有语云："鸟欲高飞先振翅，人求上进先读书。"

幼年的容若，虽然没有父亲陪伴读书，却慢慢养成了自己看书认字的习惯。

少年康熙曾在孝庄的教导下，捧读诗书，风雨无阻。

无论古今，但凡名人、伟人教子，都有他们特定的方式和方法，值得后世的我们去借鉴和学习。

容若上午读书写字，下午练习骑射或是画画。晚上明珠下朝，无论多忙定会抽空检查容若一天的学习。白袍素裹的小小少年，一脸欣喜地迎向下朝归来的阿玛，拽着阿玛的衣角，欢喜雀跃地走向书房。跳动的烛火辉映着容若光洁的脸，清脆的吟诵声声声入耳，传向窗外。

满人的后代，学习骑射是必修的功课。

电视剧《康熙王朝》里，少年康熙智擒鳌拜的那一集，那时康熙尚是未成年的少年，年方 16 虚岁，羽翼未丰，为了麻痹大权在握的第一辅臣鳌拜，从八旗子弟中招了一批少年，在总教练索额图的训导下玩"布库"的游戏。当时那帮少年中便有容若，也有曹雪芹的爷爷曹寅，据说电视里那个叫魏东亭的原型便是曹寅。

明珠是顺治朝的大红人，儿子被选入宫陪少年康熙玩摔跤游戏，都是顺理成章的事儿。后来，容若和曹寅都成了康熙的贴身侍卫。

明珠对容若的成长和发展想必是下了深功夫。容若自小身体孱弱多病，性格也不像自己，那双澄澈如小溪的眸子里总是流露着与他的年龄不相符的忧郁。

叶赫那拉是马背上成长的民族，明珠是马背上成长起来的叶赫后代，他从内心深处希望自己的儿子能继承满人的优良传统——强悍、豪放、勇敢，叶赫那拉的后代不该长着软骨，而应成为真正的强者。

10岁的容若遨游在书的海洋里，贪婪地汲取着他需要的知识。据说康熙三年（1664）的正月十五，大清出现了月食。容若观月食有感而发，作了一首词名曰《梅梢雪·元夜月蚀》：

> 星球映彻，一痕微褪梅梢雪。紫姑待话经年别，窃药心灰，慵把菱花揭。
>
> 踏歌才起清钲歇，扇纨仍似秋期洁。天公毕竟风流绝，教看蛾眉，特放些时缺。

词以十分老到的手法，描写了天狗食月。在少年容若的笔下，居然把元宵节这一阕词填得风流韵致，富有人情味，而且用典颇多。

下面这一阕词《清平乐·上元月蚀》写在同一天。白描手法被容若运用得娴熟自若，不仅写出月蚀场景，也写出了人心的起伏跌宕。

　　瑶华映阙，烘散蒙蝉雪。比拟寻常清景别，第一团圆时节。

　　影娥忽泛初弦，分辉借与宫莲。七宝修成合璧，重轮岁岁中天。

这两首词据说是容若最早的词作。

第二章

花开相爱：一生一代一双人

蓦地一相逢

如梦令·一相逢

正是辘轳金井，满砌落花红冷。蓦地一相逢，心事眼波难定。谁省？谁省？从此簟纹灯影。

那是怎样的一见钟情的缘？

13岁的容若明眸皓齿，温润如玉，气质如兰，出落成一个翩翩公子。如梁羽生笔下描写的那样，"丰神如玉，潇洒如天上仙人"，赵函笔下的"销魂绝代佳公子"。

那是容若一生中尚且青涩又稚嫩的年岁，在落叶满阶的清晨，他和她相见了，宛如当年宝玉和黛玉的第一次见面，他说这个妹妹我曾见过的。她想，好生眼熟，倒像在哪里见过一般。

就在这样一个落叶满阶的早晨，他和她蓦地相逢，娇花照水，弱柳扶风。两个青苹果一样的少男少女，清澈的眼眸传递着彼此一见钟情的情愫。

彼此脉脉含情，却无缘交谈，只是眼波流转，传递着那如晨露般晶莹剔透的情感，从此，两人埋下爱的种子。他无法再压抑如鼓般的心跳，他的心再也不能平静。

容若就是这样一个人，"自是天上痴情种"，虽然只是一刹那的眼神交汇，他却怦然心动。他认定了她就是以后的岁月里心心念念都割舍不下的那个人。

金井寥落，落花红冷，两个玲珑如玉的人儿，初识在萧瑟的风景里，开篇便给整首词定了一个忧伤的基调。天上人落在凡尘里，那是一种"郎骑竹马来，绕床弄青梅"的纯洁无瑕的情感，刹那间就惊艳了他一生中最美的小时光。

少年心事，含蓄又纯粹，即使脉脉无语，眼波的流转，都交汇着彼此的深情。盛冬玲在《纳兰性德词选》中有言："在落叶满街的清晨，他和她喜欢的女子蓦地相逢，相对无言。"

虽然关于容若的这个表妹，历史上并没有准确的考证和记载。

后世红学研究者说，她可能就是《红楼梦》里林妹妹的原型。《红楼梦》没写完，曹雪芹先去，后来和珅把书稿拿给乾隆看，乾隆读过《红楼梦》后，曾感叹道："此盖明珠家事作也。"

明珠若是贾政原型，那么容若便是宝玉，那么小表妹就是林妹妹。一个是阆苑仙葩，一个是美玉无瑕。

她和他年纪相仿。自从父母双亡被舅舅家的管家接到府上，好多年并无兄弟姐妹的容若便开始了和表妹朝夕相处的日子。

桐华说："世上有许多种遇见，最美好的，莫过于在我最美的年华里与你相遇，时光在每一秒的绽放和流动中变得珍贵而隽永。"在纳兰容若出生后，很长一段时间里，明珠夫妇一直没有别的孩子。那时容若的大弟弟纳兰揆叙、小弟弟纳兰揆芳都还没有出世。

但纳兰容若的童年并不孤独，因为表妹的到来，他的少年时光便开始闪着金光。

在电视剧《康熙秘史》里，明珠的亲外甥女、纳兰容若的表妹名字叫纳兰惠儿，是康熙一生心心念念爱着的女人。人生若只如初见，他贵为帝王，却为了这个花儿一样的女孩一见倾心，从此后再也割舍不下。

然而，皇帝想要的女孩，无论有怎样的曲折都会想方设法把她要进宫，留在自己已是五彩缤纷的后花园。

清朝的选秀，有严格的规定和流程，带有一定的强制性。凡是旗人出身、年满14至16岁的女子都必须参加选秀。没参加过选秀的，一律不准结婚。皇上三年挑一次老婆，所以，三年选秀一次。像纳兰家这样的旗人家庭中的未婚女子，必须进宫先让皇帝挑，挑不上落选了，才可以嫁人。

容若的表妹也逃不过。良好的家世，青葱一般的玲珑女孩儿，论门第，论颜值，论才华，容若的表妹样样都达标。

康熙贵为帝王之尊，天下的女子，只要他看得上，有哪个不是主动投怀送抱？她的心中已有容若，可命运偏偏又把她送到了康熙的身边。天生丽质难自弃，一朝选在君王侧。这到底是幸还是不幸？

能让容若动心的女孩儿，康熙怎能不动心？他们本是相仿的年纪，一样的天之骄子，少年玩伴，只是皇权生生把他和容若划为君与臣，一生泾渭分明。

现在，中间又扯上了她。这是老天在作弄人，也作弄着容若和她的命运。

落花时

夕阳谁唤下楼梯，一握香荑。回头忍笑阶前立，总无语，也依依。

笺书直恁无凭据，休说相思。劝伊好向红窗醉，须莫及，落花时。

青葱时节的小爱情，那么阳光，那么美好，不沾染世俗的污浊，没有柴米油盐的侵蚀，没有任何的目的和功利，只是纯纯的喜欢对方，他的一举手一投足她都喜欢，她的一颦一笑他都着迷。

自从她来到他身边，他就有了玩伴，他们一起读书习字，累了倦了，她看他练习骑射。小小的她是那样的娇羞，却又那样的善解人意，她总会在他累的时候，端来一杯水，或拿帕子轻轻拭他额头的汗珠。他喜欢闻她发间的香味，喜欢他悄悄俯首轻嗅时，她满面含羞微微笑的娇俏模样。

他每天从宫里回来，来不及更衣，就会急急地在楼下轻唤她的名字，扯着身子昂着头，眼巴巴地望着她的身影从楼上出现。她倩影娉婷，手提长裙，款款下楼，忽然又回首，手捂嘴角，掩住笑，呆立在台阶上，她一对上他的视线，脸唰一下就红了。

有时在家等一天，她的心里就慌慌的，乱乱的，像揣着小兔子一样七上八下的，直到听到他的声音、看到他熟悉的身影她才会心安。她无法掩饰对他的牵挂，也无法掩盖如鼓般的心跳，所以她的脸都是红红的，眼角含情，眉目含笑。

那朦胧又绚美的初恋，甚至都不会像现在人一样去和心爱的人表白说一句我爱你。只是彼此倾心，心里有，眼里有，口里没有，更多时候是心里雀跃的相思和说不出口的小情愫。彼此相爱着，眼眸里往外溢着小甜蜜，总无语，却依依。

就像宝玉和黛玉那样，爱得纯粹又彻底，澄明清澈。

她虽和黛玉一样，上无父母怜恤，下无兄弟扶持，寄人篱下，可舅舅、舅母待她好，亲爱的表哥对她好。

这个世间越是美好的东西就越容易破碎，随着她进宫的消息传来，容若的梦就碎了。

那天，明珠下朝回来宣布表妹入选的消息。

其实，这件事对于纳兰家族来说，倒是一件幸事。因为那时的明珠，还不是后期权倾一时的明相，他需要靠着妙龄外甥女的入宫来巩固自己的政治地位，来维系自己和康熙的关系。

联姻是最常用的一种手段，这样才可以把纳兰家族和爱新觉罗家族紧紧地联系在一起。

一场始料未及的离别，凌空劈开容若和表妹的人生。一道宫墙，从此永远横亘在他们中间，一生一世都将无法再逾越。容若，是至情至性的男子，表妹，是他的初恋，一切还不曾开始就画上终止符，他的心，被命运之手撕扯着，碎成了齑粉。

自从表妹走了，整个绣楼都空了，每天回来再也不会看到她盈盈的笑脸，再也听不到她含情带笑地轻唤他哥哥。现如今，物是人非，明月犹在，绣楼犹在，她却不在。容若失魂落魄，整个人都变得忧郁沉默，虽然他依旧能进宫伴驾，虽然他能支撑着像往昔那样读书、练习骑射。只是，身边不再有她偷偷凝视的眼眸，不再有她碎步小跑过来给他擦拭汗珠。

明知道一切无法改变，明知道她进宫去了，他依然挥不去她的影子。都说爱到深处人孤独，他也只能垂泪低叹："凄凉满地红心草，此恨谁知道。"

"恰到年年今日两相思"，掺杂着万般愁怨，都积聚在他的心里，拂之不却。

相思相望不相亲

画堂春

一生一代一双人，争教两处销魂。相思相望不相亲，天为谁春。

桨向蓝桥易乞，药成碧海难奔。若容相访饮牛津，相对忘贫。

这一句"一生一代一双人"，明白如话，没有经过精致的推敲、巧妙的构思就脱口而出，直抵人心。

后世很多人都在纠结着：这阕词究竟是容若写给谁的？究竟是哪个女子能让他用情至深？其实很多时候我们不应只去追究女主是谁，因为他的词多半是以爱情和友情为主旨的。

这一阕词无论是写给发妻卢氏还是初恋小表妹抑或是沈宛，所诠释的爱情观是一致的。多情人的感情世界多半颠沛流离，直到创伤累累。

容若的爱情都如出一辙，皆以悲剧结尾。他生命中的三个女子，都曾与他结一段尘缘，却偏偏是长相思却不能长相恋，长相恋却不能长相守。

命里注定的天造地设的一对妙人儿，被命运的大手拨弄，生生地拆分。无论古今，多情人的灵魂到底都是拗不过命运的翻云覆雨手的。彼此钟情相思的两个人偏偏被高高的宫墙分割，望穿双眼，却不能见到朝思暮想的人儿，就像《红楼梦》里写的："人居两地，情发一心。"

　　这繁华绚美的春天是给谁看的？这是容若心中最意味深长的诘问。他在质问苍天，他在质问这不公的命运，面对皇权、父亲的仕途、整个纳兰家族的命运，他和表妹的情窦初开的爱情显得那么微不足道。况且，在封建社会，有几人的婚姻能自主，这份才刚刚开始就夭折的爱情注定只会成为政治的牺牲品。

　　原来，心中无瑕圣洁的爱情，不仅仅只是两个人的事，它会牵扯着很多人。

　　被君王收入后宫的女人，已经被无情地打上皇家的标签，纵然"相思相望不相亲"，纵然"两处销魂"，那又怎样，又能怎样？这一阕词经了容若的笔，他巧妙地反用骆宾王的《代女道士王灵非赠道士李荣》中的句子"相怜相念倍相亲，一生一代一双人"的含义，把心中那种"愿得一人心，白首不相离"的渴望，那曾经得到又失去的痛楚，表达得淋漓尽致。

　　品读容若的词总会读到各种典故，频繁用典乃小令的大忌，但在容若笔下，再多的典故，他都能应用得恰到好处。这词的下阕，容若用了两个典故：裴航乞药、嫦娥奔月。

　　裴航回京途中，与樊夫人同舟，她赠他一首小诗："一饮琼浆百感生，玄霜捣尽见云英。蓝桥便是神仙窟，何必崎岖上玉清。"后来，裴航行至蓝桥驿，口渴求水，遇上云英，一见倾心，云英的母亲说，想娶她的女儿，得找来一件名为玉杵臼的宝贝。裴航终于找来玉杵臼后如愿以偿，娶得云英并双双入玉峰成仙。

容若分明就是想说，他也曾如裴航遇见了他的云英，也曾有过一段你侬我侬的浪漫时光，那是生命中最为珍贵的初恋。

第二个典故，嫦娥奔月。李商隐的"嫦娥应悔偷灵药，碧海青天夜夜心"，若嫦娥不曾偷吃长生不老药，结局如何？若表妹不曾参加选秀，没有进宫，他和她的人生会是怎样？他们会牵手一生一世一辈子，相亲相爱到白头吗？

真的能像牛郎一样，哪怕只是一年一度，历尽千难万苦，只为和织女见一面，也能慰藉相思苦。可是，现在的他们呢？从此伤春伤别，心期便隔天涯？

玉连环影

何处？几叶潇潇雨。湿尽檐花，花底无人语。掩屏山，玉炉寒。谁见两眉愁聚倚阑干。

这阕词写得很美，容若是性情中人，词风婉约妙丽，无论小令还是长调，皆离不开一个"情"字。这阕词，读来，感觉又是写给表妹的。自从她去了那人见不得的去处，见一面就成了容若心底的一种奢求。纵然她常常陪伴在君王身边，他知道，她也会像他思念她一样思念着他。表妹那个执拗任性的脾气，不知道在那深宫大院，能不能适应，她过得好不好，现在的日子怎么样，这些问题无时无刻不牵着他的心。

有些结局，是自己根本无法逆转的，但站在爱河的岔路口，他依然徘徊，心痛不已。

容若写愁，愁思袅袅，溢于字里行间。她羸弱单薄的身影，让人爱怜，那每日他都能相伴的帝王能分给他多少雨露？帝王家的女人注定不会得到一份纯粹、唯一的爱情。

从屋外潇潇雨，至檐花湿尽，再至下阕，掩屏山，玉炉寒，描写从远及近，画面感极强，有一种哀艳之美。

在容若以后的岁月里，他也终于明白，他和表妹的最美初恋已被打上时光的封印，已撰写好了结局。

在容若的词中有一种情愫贯穿始终，那便是爱的悲苦欢喜和荼蘼。

调笑令·曾照个人离别

明月，明月，曾照个人离别，玉壶红泪相偎，还似
当年夜来。来夜，来夜，肯把清辉重借？

这首《调笑令》满含调笑之意。而词里这个被容若用自嘲的笔触留在字里行间的女孩，可能就是他的表妹。

"爱"这个字，像不期而遇的鸟，像深陷泥潭的脚，一旦动了心，入了骨，便再也戒不了。爱而不得，更让人牵肠挂肚，无法忘却。经年后，他还是站在老地方，孤独地抚摸旧事。他用调笑之名，书写着当时的红妆相偎，他在自嘲，嘲弄人世变数太多，命运无常。开篇他像李白那样直呼明月，这一生，得不到，看不见，更别谈相守在一起。他也只能把一份痴爱化成殷殷祝福。

今夜，月色正浓，相思正浓，恍惚间，他仿若看到她慢慢走来，他也被磁铁吸住一样，慢慢向她靠近，近了，更近了，她忽然远远地推开他，决绝地退出了他的视线。

容若同样又娴熟地用典，"玉壶红泪"写的是曹丕的宠妃薛灵云从江南远赴洛阳，因思念家乡，一路泪如泉涌，随从用玉壶给她接泪，玉壶里的泪水带着血红。曹丕得知薛灵云归来，在洛阳城外筑起30丈高的土台，蜡烛沿着薛灵云入城路线，从烛台一直绵延到城外。曹丕等待薛灵云时，只见车轮滚滚，卷起的尘土飞扬感叹道"朝为行云，暮为行雨，今非云非雨，非朝非暮"，便给薛灵云改名夜来。

容若在月下低叹徘徊，总还是心怀淡淡的期许，总会期盼着生命中也许会有奇迹出现。他对她太想念，一直爱着的心还在祈祷再见一面。虽然，他也知道这有些天方夜谭，只是他真的无法阻止心底的思念蔓延。

"昨夜星辰昨夜风"，昨夜佳人昨夜梦，一切都成了过去，可在他心里真的过不去。明月清辉，想佳人妆楼相望，她的倩影柔弱又单薄，让人无限爱怜。时光在游走，总也挥不去她给的美好的回忆。

瘦骨不禁秋，总成愁

昭君怨·总成愁

　　暮雨丝丝吹湿，倦柳愁荷风急。瘦骨不禁秋，总成愁。

　　别有心情怎说，未是诉愁时节，谯鼓已三更，梦须成。

　　容若一生为情所困，表妹是写在他心尖上的人，他爱她到不朽之境，他真的放不下。

　　国学大师王国维在《人间词话》中写道："一切景语皆情语。"容若在凄风苦雨中熬煎着，不尽的相思愁绪丝丝缕缕、缠缠绕绕，把他的一颗心绕得生疼。

　　这首词的主旨即在表达一个"愁"字。这词里的相思掺杂着愁怨与孤独，小溪水一样缓缓流淌。它冲破心灵的堤坝，澎湃着，汹涌着，浓烈而又无所顾忌。

　　自古侯门深似海，更别说戒备森严的宫禁。一别成永诀，若不是永诀，那又是什么？有时候生离之痛倒是胜过死别。因为死别，一刀斩断万千烦恼丝，除了短暂的伤痛，心中再无挂碍。但生离是残忍的，它在慢慢碾压着尚怀一丝希冀的心。

现代交通及国内通信的发达，基本不存在音讯全无的状态。纵然天涯海角，只要有网络覆盖，天下一家，海角天涯都缩短为屏前屏后的距离。

相思可以慰藉，可以视频一睹心中人的容颜，也可以通话，诉说相思一夜情多少。

然而，即使到了离我们最近的清代，但凡女子进了宫，便如《红楼梦》里写的贾元春省亲一样。姐姐妹妹皆羡慕她的荣华和风光，一脚迈进寂寞深宫，其中滋味，苦不堪言，她省亲回家，搂着贾母和王夫人等大哭，说："当初把我送到那见不得人的去处，使得父女、母女无法常相见。"

而容若表妹的境遇和当日元春多么相似。

容若的愁绵延不绝，此时，伊人不在，暮雨潇潇，不仅打湿了他的身，也打湿了他的心。那湿漉漉的思绪，绵延在心里，秋雨凄苦，夜风凉薄，柳也倦怠，荷也忧愁。这"倦柳愁荷"四字极美，清寥、哀愁，如雨丝密密斜织着。

王国维在《人间词话》中把诗歌的意境分为"有我之境"和"无我之境"，"有我之境，以我观物，故物皆著我之色彩"。

有怎样的心境和心情，看到不同的景物便会有不同的情韵与感触。你若欢喜，心境明朗，枯树残枝都闪着金光；你若悲伤，心境灰暗，那么，绿柳青荷也霜打一般抬不起头来，神色恓惶。面对上苍早就安排好的命运，他又能为她做些什么？任凭他一身怎样瘦弱的风骨，也要承受命运恩赐的一切，无论结果如何，他都要默默承受，承受生离的折磨与洗礼。

许是命运巧手的刻意安排，容若和表妹的命运和版本，和宝玉、黛玉是多么相似。

是他不懂得遗忘，还是时光一直在纠缠？

星月隐匿，置身于秋意不绝的无边的雨夜里，万千秋思、万千愁绪缠缠绵绵交织在一起，缠绕在心里。墙壁上的孤影被夜色拉长，纵然心中有万千情话想要诉说，又说给何人听？尘世的步履是那么沉重，总也丈量不清从府邸到皇宫的距离，那是生与死的距离。他这一生一世都逾越不过……

她在深宫，一定也在思念着他吧？是谁做成屏障遮住了他们的一生？遮住了他们彼此张望的眼睛？是这恼人的凄风苦雨砸在心上，愁绪百转千回……容若写风雨，而他词意里的风雨，却飘洒而出，打湿了人心。

以容若悲戚灰暗的心境，没有她做伴的日子，所有的风光都失去了颜色，暗淡、落寞、哭怆，此情难诉，那无边的愁绪，平铺到了心底，那愁也绵延心底。每夜枕着她的名字入眠，去聆听彼此的心跳。

"流年川暗度，往事月空明。"情花有毒，他已病入膏肓。谯楼更鼓敲了三下，三更不成眠，梦醒时分，他只是孤影暗销魂。既然难以相见，就让我们相逢在梦里吧。

昭君怨

深禁好春谁惜？薄暮瑶阶伫立。别院管弦声，不分明。

又是梨花欲谢，绣被春寒今夜。寂寂锁朱门，梦承恩。

世界上最遥远的距离不是生与死，而是明明知道只是隔着一道宫墙，却无法诉说相思。容若全词中，写给表妹的词占了很大的比例，同样是宫怨词，容若的词词风清丽脱俗，宛若一朵出水芙蓉，并没有刻意雕琢的痕迹，与唐五代时花间词派艳丽的词风截然不同。

暮光之城，是帝王家的，她是何其幸运，能入了一代帝王康熙的眼。可是她的心却只为容若而跳动。她孤单伫立在玉阶上，一袭剪影被暮色笼罩，清寥又单薄。不知道琴声何处，不知何人弄笛。隐隐约约，未见分明，琴弦断，冷笛残，是谁，把哀伤让她挽？她一个人，就着相思，饮尽孤独，对影成双。全词流淌着那种渴望却不可见的悲哀。

又到梨花凋谢时，她的容颜也会和这落花一样凋谢，随风飘落。"花谢花飞飞满天，红绡香断有谁怜？"终有一日，"一抔净土掩风流"，她就像林妹妹一样，"香魂一缕随风散，愁绪三更入梦遥"。

寒意漫漫，并非来自时令和节气，而是缘于心寒。没有他的岁月，漫长又寂寥，置身后宫，她还要生存，只能傍依皇帝，承受帝王雨露恩泽。

容若之笔点到为止，一句"梦承恩"作罢，暗含多少无奈，他期望她得宠，那样她至少会过得好一点儿。

深爱如此，令人为之心痛，爱到如此地步，也是爱到极致。容若的词之美，在于轻怨薄恨，读罢令人柔肠百转，无限怅惘。

红颜弹指老，刹那芳华。

容若和表妹的小时光，已伴随着似水流年渐行渐远。

相逢不语，一朵芙蓉著秋雨

减字木兰花

相逢不语，一朵芙蓉著秋雨。小晕红潮，斜溜鬟心
只凤翘。

待将低唤，直为凝情恐人见。欲诉幽怀，转过回阑
叩玉钗。

容若曾说过："电急流光，天生薄命，有泪如潮。勉为欢
谑，到底总无聊。"忧伤，是纳兰词的主要基调，多情也是他
生命中无法剔除的一页，这一页很长，贯穿了他短暂的一生。
自从表妹进宫后，追忆往事几乎成了他每一个夜阑人静时候
的主题。

他在那最绚美的时光里沉沦，在一遍一遍地反刍、追忆，
追忆和表妹生命中共有的交集。

如果容若只是一个普通的富家贵公子，如果他不是这么
多情，无论是表妹，还是卢氏抑或是沈宛，都只是他短暂人
生旅途的一个过客，走过了，爱过了，也就散了，翻过爱情
里最厚重的页，搁浅在昨天也就罢了，他不会一直活在过去

里自苦自虐。

他在《浣溪沙·酒醒香销愁不胜》写道："夜雨几番消瘦了，繁华如梦总无凭。人间何处问多情。"

其实不知道这句子是不是写给表妹的，但容若的最美时光里，他感情的世界一直飘着雨，他一直在思怀旧人，怀念那些洋溢着满心欢喜的小时光。

初恋，总会让人耿耿于怀。多年后的我们也总会想和曾经爱过的人见一面，或许，见了，就会放下了。

关于容若的表妹，民国蒋瑞藻的《小说考证·卷七》引《海讴闲话》有简单记载："纳兰眷一女，绝色也，有婚姻之约，旋此女入宫，顿成陌路。容若愁思郁结，誓必一见，了此宿因。会遭国丧，喇嘛每日应入宫奉经，容若贿通喇嘛，被袈裟，居然入宫，果得一见彼妹。因宫禁森严，竟不能通一语，怅然而出。"

竟如汉武帝重见李夫人的故事，始终没说上一句话，伤心而去。

容若在没有娶卢氏之前，表妹是他整个的精神世界，是他的天与地。他大胆地将心事写入词中，让世人一起欣赏，他坦然的心性，毫无遮拦地坦露着。

采桑子

彤云久绝飞琼字，人在谁边。人在谁边，今夜玉清眠不眠。

香销被冷残灯灭，静数秋天。静数秋天，又误心期到下弦。

好久没有收到表妹的信，他的心空落落的，焦躁不安。又是无眠的夜，他披衣徜徉于浓重的夜色中，遥望着皇宫的方向。

"云中谁寄锦书来？雁字回时，月满西楼。"如今，连收到她的信都成了一种奢侈。

多少个长夜，他灯下研墨，把万千相思书写，他多想，这些倾注了他浓情的信笺能送到她的手中，有时他也会为自己的想法感到可笑，幻想，幻想罢了。

其实在爱情里，有一种悲哀叫作刚刚开始就已经结束。她又何尝不是和他一样？"人生若只如初见"，初见的怦然心动，让她倾心于他，虽然寄人篱下，但是因为有了他，她的生活才会充满诗情画意。

燃完的香，冰冷的被子，即将熄灭的灯火，都在告诉容若，表妹离开家很久了，也许此刻，她就躺在君王怀里承欢。挥之不去、拂之不却的思念扯着他的心，摧着他的肝，不复相见，伤痛难言，一声低叹。

这阕词写尽离别恨，相思苦，自古情是苦根苗，没有她的日子，不知道他独自度过多少不眠的长夜，夜色凉薄，他孤独的背影站成深夜一尊最美的雕像，让人无言心疼。

他真的不能再等了，因为，等待遥遥无期，正如他自己写的那样："人到情多情转薄，而今真个不多情。"

容若是一个重情的男子，那时他还不到 20 岁。他年轻，血气方刚，如宝玉一样，也会有小小的叛逆和任性。他大胆策划着和表妹的最后一次见面，是的，他只想见她一面，哪怕只是远远地看着，只要她安好，他便会心安。

今生将不再见你，只为再见的已不是你，心中的你已永不再现，再现的只是些沧桑的日月和流年。

容若还写过两首《减字木兰花》，皆是写给表妹的。

烛花摇影，冷透疏衾刚欲醒。待不思量，不许孤眠不断肠。

茫茫碧落，天上人间情一诺。银汉难通，稳耐风波愿始从。

明知相思苦，偏要苦相思，若问相思为何苦，只因相思已入骨！有些人相识虽然短暂，可以因一眼的缘，此生牵牵绊绊再也割舍不下。

容若这位白马轻裘的王府贵公子，家族显赫，地位荣耀，上天过于垂青于他，他生来不需要奋斗，就成了康熙的贴身侍卫。或许，是老天给予他太多太多，才会无情地夺去他感情里最圣洁的那部分。

有人说，容若31岁就病逝，真的可惜。其实，他太像宝玉了，他就是那多愁多病的身，天生多愁善感的性格害了他。

这两阕词凄美绝望，他本就是一个心思细腻、多情敏感的男子，一样的爱、一样的愁、一样的别离恨堆积在他的心里，日积月累，深深伤害着他。失眠几乎成了家常便饭，夜色阑珊，夜露微凉，烛台上烛泪滚滚，即将燃尽，属于他一个人的长夜又来临了。空气中都弥散着凄冷的气息。他半掩着被子，歪在床头，让无边的寂寞把自己吞没。

他告诉自己不能思量，告诉自己可以少爱一点儿，可以少牵挂一点儿，可是没有用的，越是强迫自己忘记，她的影子反而会更清晰。

临别的时候，她那双含泪的眸，溢满了泪花，回忆刺痛五脏六腑。还记得吗，我们相约一定会相见的，不管天上人间，不管世俗筑起的牢墙有多高，不管现实的水有多深，只要我们心中有爱，一切都会好起来的。

天上人间情一诺，当誓言面对残酷的现实，总是显得那么苍白无力。

到底要怎样才能忘记你，怎样才能摆脱如树叶般繁茂的相思？

相见何如不见，不见最多也只是思念。他心中压抑着的情绪太多太多，以至于他每每夜不成眠，初恋是他心底永不治愈的伤口，夜阑人静的时候舔舐，锥心的痛蔓延到五脏六腑乃至骨髓。

纵然"家家争唱饮水词，纳兰心事几人知？"现世的我们再品读，依然能感觉到他字里行间的伤与痛、哀与愁。

那年，宫里国丧，大办道场，每天都有喇嘛进宫诵经超度。容若瞅准了这个机会，私下买通了一个喇嘛，他打扮成喇嘛的样子，跟随做法事的队伍混进了宫。

就是以后他成了康熙的御前侍卫，平时根本也没有机会接近内宫的女子。这一次，他冒天下之大不韪，偷见内眷，若是暴露，这是多大的罪名？杀头，灭族，他真的没想到吗？可是青春无悔，年轻，总要冲动一回的，这一生一世，绑缚在他身上的枷锁太多太多，他总要做一回自己想做的事的。

从表妹入宫那天起，他就知道他和她是两个世界的人了。此次冒险，他并无太多奢求，只是想见她一面就好。他知道，无论如何，他都没有能力把她带出那皇宫大院。把他们永远隔开的不只是那高高的宫墙，还有皇权。

这一首《减字木兰花》是多年后，容若写给表妹的情诗，也勾勒了那次匆匆见面时的场景。也许，在容若以后的岁月里，他永远都铭记这次见面，因为，见了他就心安了。

有时，年少轻狂，幸福时光。任性和冒险只属于青春岁月，一辈子也许只有一次。

宫禁戒备森严，即使一队喇嘛队伍出现，也很少有人会驻足观看，他们只管跟随侍卫向前走。深秋的皇宫，落叶满阶，平添了几分萧瑟和寂寥。内廷中的女子，同一级别的女子装束雷同，即使擦肩而过，他们会一眼认出彼此吗？也许，只是一场冒险，他的心愿未了。

长长的回廊，不时有娉婷的身影闪过，或许是心有灵犀抑或是心理感应，他看到了她熟悉的身影，远远地，她可能也看到了他。

就那茫茫人海中，只是一瞬间的回眸，或许是太熟悉彼此了，她听到了他急切又慌乱的心跳吧。那个孱弱的小小的身影顿了一下，微微地颤抖，她抬衣袖拭泪，只是远远地回眸……倏忽间就不见了。

容若也是过电般的惊怔，感觉心都快跳到嗓子眼了。

"相逢不语，一朵芙蓉著秋雨。"多少思念，多少期盼，心中纵有万种情愫，却一句也说不出口。

真的有机会，执手相看泪眼，无语凝噎，那也是千载难逢的缘啊。可是他们没有机会走得更近一些，他只能无奈地远望着她纤弱的身影，消失在回廊尽头。"小晕红潮，斜溜鬓心只凤翘。"骤然相遇是出乎他的意料之外，她娇羞的脸庞，泛起淡淡的红晕，那是见到心上人时特有的反应。她定是感应到了他的到来吧，不然为什么有一种悸动的韵律在心房蓦然奏响呢？

她的身影落寞，脚步微微踉跄，宛如一朵秋雨中的芙蓉花，开得凄美又幽怨，让人顿生爱怜。她的憔悴她的泪，瞬间就击倒了他，他的心痛得无法呼吸。

"带将低唤，直为凝情恐人见。"重逢的喜悦夹杂着无言的心酸，千言万语涌到唇边，她的名字就差脱口而出了，又被他生生咽了回去。

置身于皇宫大内，任凭相思如潮，容若的理智还是盖过了情感。他和她都明白，如果露出一丝破绽，纳兰家族便会飞来横祸，那种结果不是他们所能承担的。

在回廊尽头转身时，她有意无意地拔下头上那根精致的玉钗，在雕花回廊上，轻轻叩击了几下，那是她在默契地回应他，她也看到了他。这一生，得不到的才是最好的。盼了，见了，该说再见了。虽然相见无言，匆匆别过，今日种种，似水无痕，他们貌似陌路，却心意相通，这就够了。

"因为爱过，所以慈悲；因为懂得，所以宽容。"最深、最真的初恋，消磨了年少的时光，消瘦了伊人，消瘦了多情的他，若有缘相约来生吧！命运虽然无情也有情，到底还是让他们又见了一面。见了，今生无憾了，爱情里有一种境界叫只要你过得比我好，爱她，远远地看着她平平安安便好。

自古皇权至高无上，天子为天，大于天。容若的爱无论多么至真至纯，都无法与天子的权力抗衡。为人臣子，他也不可能做到臣节亏损。

如他的另一首词《虞美人》："回廊一寸相思地，落月成孤倚。背灯和月就花阴，已是十年踪迹十年心。"究竟是怎样的一种爱情，能让人瞬间苍老，"物是人非事事休"的无奈和悲凉让人心痛，把最真的恋情深埋在心里，尘封。

仓央嘉措写道："好多年了，你一直在我的伤口中幽居，我放下过天地，却从没放下过你，我生命中的千山万水，任你一一告别。"

容若也是一生一世的情郎，一生一世的伤怀，在一生的回忆里，花开之荼蘼，留给我们一篇篇绝妙词作。

世事无常，命运翻云覆雨，终有一天，时光、爱情、心动都会成为指间沙，唯有容若心中那份执着，那份澄澈与纯粹，那份悲悯与温暖，依然滋润着现世的我们浮躁又喧嚣的心。

第三章

疏影临书卷：白衣飘飘是最好的年代

十七岁，但得白衣时慰藉，一任浮云苍犬

金缕曲·再用秋水轩旧韵

疏影临书卷。带霜华、高高下下，粉脂都遣。别是
幽情嫌妩媚，红烛啼痕休泫。趁浩月、光浮冰茧。恰与
花神供写照，任泼来、淡墨无深浅。持素障，夜中展。

残缸掩过看逾显。相对处，芙蓉玉绽，鹤翎银扁。
但得白衣时慰藉，一任浮云苍犬。尘土隔、软红偷免。
帘幌西风人不寐，怃清光、肯惜鹔鹴典。休便把，落
英剪。

容若一袭白衫，手捧书卷大踏步向着光阴走来。他飘逸，
他潇洒，他自由自在，他百世无忧，且光彩夺目。青春的笑
容都是一样的，青春的梦想也和现世的我们大致相同。他勤
奋好学，这是自小养成的习惯。他又和所有的八旗子弟一样，
弓马娴熟，将来为国家效力，那是他心中最远大的理想。

康熙十年（1671），17 岁的容若已经入大清最高学府国子
监读书，得到校长徐文元的器重。

少年在家时自学的知识，加上徐文元这位大清文华殿大

学士、国子祭酒的栽培，容若在知识的殿堂里，贪婪地吸吮着知识的甘露。在徐文元的眼里，容若是与众不同的，所以徐文元在他身上自然比对别的学生多费了些工夫。容若总是那么幸运，幸运得让人眼红。

大清建国之初，康熙亲政后，大力整顿朝政，惩办贪污，发展民生和经济。南方的明政权还没有完全剿灭，以平西王吴三桂为首的三藩，明目张胆和大清分庭抗礼，和大清政府的矛盾是箭在弦上一触即发。康熙在紧锣密鼓地备战，计划平三藩。

这时的明珠，官儿越做越大，已经从刑部尚书调任都察院左都御史。这一年康熙委任了两位儒学老师，一位是徐文元，一位是明珠。论才学徐文元做帝师实至名归，但明珠就有些差强人意，明珠文化程度并不高，可他却是朝野中对汉文化非常精通的儒臣。

不仅如此，到了年底，康熙又把明珠调任为兵部尚书。大清政权的巩固，得依仗着明珠这样的人。随着父亲不断升职，容若这位豪门的贵公子也水涨船高，成为京城炙手可热的人物。

在明代时，很多的王公大臣、达官贵人都在京城建造私人花园，到了清代，这股风气更盛，许多王室便瞅上了北京西郊这块风水宝地，纷纷在那边置办地产，大兴土木，比如举世瞩目的颐和园、圆明园、畅春园等皇家行宫苑，"三山五园"绵延西郊二十里，风景秀丽如画。

爱新觉罗家的园林事业办得红红火火，朝中王公大臣一时间纷纷效仿，也在西郊盖起别墅，美其名曰方便坐班，实则是为了享用。

明珠自然不甘落后，选了海淀西山一角，濒临畅春园，盖起了自己家的别墅，并给这座依山傍水的庭院取了个美丽的名字：自怡园。容若便将自己经常和好友聚会的场所冠名为"渌水亭"，就是今天的宋庆龄故居"恩波亭"。容若时常在这里和他的布衣朋友搞诗会、办文学沙龙。

那时北京城的文学界知名人士孙承泽，也在京郊盖了一幢别墅，并举办了一场文学沙龙，这便是清初著名的"秋水轩唱和"。

这一首限韵词提到的秋水轩，便是指这些文学翘楚们聚会的地方。

孙承泽本是崇祯年间的进士，后三易其主，和容若的另一位文学家朋友，被称"江左三大家"之一的龚鼎孳一样，本是明朝的官员，却先投靠李自成后降清。他官儿做得不少，先后在太常寺、大理寺、兵部、吏部等处任职，可因为几易其主，被人瞧不起，一度被清政府划为贰臣之列，在官场起起伏伏十几年也没什么大的建树。好在他还有自知之明，便辞官，开始了优哉游哉的隐逸生活，操起了著书立说的营生，时常赏书赏画，以文会友。

恰好这一年盛夏，清初另一著名藏书家周在浚，来北京看望孙承泽，就住在孙承泽家。两者都是文化界的名流，又都有共同的喜好，擅长填词。一时间引来在京的更多文化界的文人雅士纷纷造访，大家聚集在一起，执玉杯，品美酒，写诗填词助兴，唱和对答。"一时名公贤士无日不来，相与饮酒啸咏为乐"，好不热闹。

有"海内八大家"或"八大诗家"之称的柳州词派盟主曹尔堪，"见壁间酬唱之诗，云霞蒸蔚，偶赋贺新凉一阕，厕名其旁"，于是在旁边写了首《金缕曲》。

一时间龚鼎孳、纪映钟、周在浚、徐倬等当时名流纷纷加入唱和，用《贺新凉》词调一连举行了好多次唱和活动，历时近一年。

这场轰轰烈烈的唱和，很快风靡大江南北，全国各地文人们纷纷加入，声势越来越大，成为当时名噪一时的文坛盛事。

当时只是一时兴起，来了灵感的曹尔堪，也没想到会这么火，他偶然的一个举动，竟然把全国的文化名人都调动起来，掀起了中国词史上的热潮，甚至成为一度改变康熙初年大清文坛风气的新引擎。

当时清初文坛的人，身份也很复杂，有大明降清的旧文人，失意的，得意的，也有清朝新贵，但他们有一个共同点，都是社会上或文化界的名流。彼此的身份不同，处境不同，心境也不同，出现了百花齐放的局面。周在浚就把这些来自全国各地唱和的词筛选后选取了176首词结集，取名为《秋水轩唱和词》。

容若的这首《金缕曲》便是他参与唱和的作品，也是用了秋水轩唱和中所限的剪字韵。这首词的韵脚是卷、遣、泫、茧、浅、展、显、扁、犬、免、典、剪。

我们都熟悉那个梅妻鹤子的林逋那首山园小梅："疏影横斜水清浅，暗香浮动月黄昏。"开篇"疏影"，容若就告诉我们这是一首咏梅词。容若笔下的素洁的白梅花就在月夜绽放。

十八岁科考，万春园里误春期

幸举礼闱以病未与廷试

晓榻茶烟揽鬓丝，万春园里误春期。

谁知江上题名日，虚拟兰成射策时。

紫陌无游非隔面，玉阶有梦镇愁眉。

漳滨强对新红杏，一夜东风感旧知。

那时的容若也像其他人一样，走上一条最常规的路，参加科考。因为科举制是封建时代国家通过考试选拔人才和官吏的一种制度。

它始于隋文帝杨坚时期，在隋炀帝杨广时期普及全国，历经隋、唐、宋、元、明、清，直到光绪三十一年（1905）止，前后延续了1300多年。

科考是大事，上自贵族子弟，下至微末贫民，都心向往之。

容若随性，亦随心，少年意气风发，他是美好得晃了眼的少年，也曾紧紧捏着手心里的彩虹糖果，肆无忌惮地挥霍着少年的小时光。

而今，他长大了，18岁的写意青春，该是轰轰烈烈。这严冬在上，愁在心头。月色斑驳，铺洒在花枝上，房里的灯光反而是暗淡了些许，梅花疏朗的影子，浅浅地映他翻开的书卷上，此时容若一身病骨、一袭白衣，端坐在案前饱蘸笔墨，一挥而就，写出了这首清丽哀婉的词。

掩过残红，心事袅袅，仿若都化成枝头的花瓣，芙蓉沉静，鹤翎般无瑕。

多少柔情多少泪，都深埋在心间吗？今夜他与孤独为伫立在月夜，多少心事多少恨，都交付给过往。

他笔锋一转，人世间那些说不清的沧桑无常，都汩汩泻于笔端。他写道："但得白衣时慰藉，一任浮云苍犬。"

此处白衣，是酒的意思。"浮云苍犬"取自陈维岳的《新凉·自遣》："造化小儿纷簸弄，翻覆白云苍犬。"杜甫也诗句："天上浮云如白衣，须臾改变如苍狗。"

很难想象，17岁的朗朗少年，会有这样沧桑的心境，说沾染了爱情，会让人迅速成熟甚至为爱衰老。

酒入愁肠后，他心中家国天下的重负能否卸载？棱花月，不过眨眼一瞬间。时光流逝，岁月沉淀，一转身便是个光阴的故事。

么多年的储备，他就是要高调地向这个世界证明一下，况且他也有任性的权利和资本。

一年之计在于春，人生的许多事情都需要细细筹划，过一种自己想要的生活，容若要挥毫为自己的青春而书，他要在这美好的春光里施展报负，实现自己的人生价值。

从出生到现在，他一直顺风顺水，生活像后花园里的小溪，缓缓流淌，波澜不惊。读书、骑马、射箭，惬意的生活，就像驰骋在骏马上，风在耳边轻轻吹过，没有名缰利锁的束缚，自由自在地飞翔。

18岁以前的时光，是那朵盛开的花，拨开每一片花瓣，都会闻见青春和生命的馨香。

青春，只有一次，那是生命中千金不换的财富，白衣飘飘是最好的年代，容若的心里总是怀着感恩的小幸福，他感谢父母生养了他，感谢父母给了他世间男孩子最好的教育，感恩父母给了他人生最绚美的锦瑟年华。

容若是感性的，他有着自己的心灵王国，在那座华美的城堡里，他就是自己的主人，在那个世界里，无论是生命抑或是人格的自由，都是超越了丰裕的物质束缚的。

其实似这样的容若，即使不是富二代，不是官二代，我们也爱他。

容若像现世的我们，在青春的荣光里，也曾有着英雄梦，像大清的努尔哈赤、皇太极那样驰骋万里疆场，把世界都踩在脚下，那样的英雄梦多半是因为小小少年憧憬着未来而生的吧？

若说，《红楼梦》真的写的是明珠家的家事，容若真是宝玉的原型和化身，但有一点容若和宝玉不同，那就是容若自小酷爱读书，而宝玉，只喜欢在脂粉堆里穿梭，压根也不喜欢读那些"劳什子"圣贤书。

少年容若，早岁不知世事艰，他或懵懵懂懂，或纯真浪漫着。时光，总是追不及白马，青春总是来去匆匆，容若就是想在自己飞逝的青春里，给自己的生命留下一点儿印记。

容若要去参加科考，估计父亲母亲都不会太在意。明珠的儿子，根正苗红的好苗子，即便不走寻常路，将来的处境也胜过民间那些知名才子。

而容若本身就在金字塔的顶端，先天性的优势，注定了他不考也能顺利入仕。他完全不必和坊间的士子一样盼望着通过科考来改变命运。

明珠是汉文化的痴迷和追随者，他心里明白，凭自己儿子的才华，不去和汉人凑热闹，也能风风光光进入官场，但明珠教子有其独到的方法，他对容若宽容，也愿意让他一显身手。

自信的明珠和容若周围的亲戚朋友一样，科考，对于多才多情、少年就文韬武略的容若来说不过是小菜一碟。

容若不想搞什么特殊化，也不想沾父亲的光，他要和那些民间的汉人士子一样，去踏科考的独木桥，他要去参加乡试、会试、殿试，他愿意去和他们公平地竞争，来证明自己的能力。

康熙十一年（1672）八月，容若参加了顺天府乡试，和整个北京地区二十四州县的莘莘学子同堂过招儿。一切都在意料之中，第一道门槛顺利跨过了，他高中举人，和他一起参加乡试的还有以后的好友韩菼和曹寅。

康熙十二年（1673）二月的礼部会试，主考官是龚鼎孳、姚文然、杜立德、熊赐履，容若再次中举，而韩菼是第一名会元。仿佛一切都是水到渠成的事儿，跨过了乡试、会试的门槛，终于到殿试这一关。

四月，年轻的康熙，在保和殿亲自主持殿试。

容若成功的喜悦满满的，他本该在这青春韶华的第一场长跑中顺利撞线。可是，殿试的日子迫近了，一场突发的高烧，准确地说，是容若突发寒疾，让他科考生涯在最后一关时戛然止步，画上一个大大的感叹号。

寒疾究竟是一种怎样的病？书上没有明确的记载，但这种病却从幼年到去世，缠绕了他一生，每回生病，总是拖拖拉拉很长时间。这种病周期很长，有时会从这一年的暮秋或初冬一直拖到来年春天，每到春暖花开之时，才有所好转。

殿试揭榜，韩菼取得殿试第一名，状元及第。

四月，殿试。韩菼指斥以吴三桂、尚可喜、耿精忠代表的"三藩"拥兵自重，图谋不轨，在南方的势力越来越大，应尽快撤销。还详细论述了铁腕削除三藩的建议，这恰好迎合了康熙提出的"藩镇久握重兵，势成尾大，非国家利"的观点。康熙在前十名的考生试卷中，在韩菼卷的卷首朱书"第一甲第一名"六个大字，37岁的韩菼成为清朝第14位状元。

当时是徐乾学把韩菼的考卷从一堆废弃的考卷中挑出，送到了康熙面前。若不是他慧眼识才，韩菼是金子也要继续埋在土里。

这时，索额图提议处死倡议撤藩的人，被康熙拒绝，而明珠也因支持康熙削藩，更加受到康熙倚重，升为礼部尚书，两年后被授予武英殿大学士，逐渐权倾朝野。

> 李广负才气，勇敢莫不闻。
> 弯弓挟大黄，射雕安足云。
> 奈何遭数奇，望气亦虚言。
> 生不逢沛公，不得策高勋。
> 禁中却拊髀，上有圣明君。
> 试问谁颇牧，何似飞将军。

而此时容若歪在病榻上，品味着考试前韩菼写给自己的这首咏史诗，心里五味杂陈。

在病榻上百无聊赖，他曾写过一首《采桑子·桃花羞作无情死》：

> 桃花羞作无情死，感激东风。吹落娇红，飞入闲窗伴懊侬。
> 谁怜辛苦东阳瘦，也为春慵。不及芙蓉，一片幽情冷处浓。

黄天骥曾在《纳兰性德和他的词》中评价道："这词表现一种莫名其妙的心情，诗人在风雨中听到凄凉的曲调，不知怎地，变得坐立不安，寂寞、凄凉、失望、空虚的情绪笼罩在心头，他患的是时代的忧郁症。"

伤春悲秋是文人的通病，中国古代文学中，诗歌更为突出，古典诗词更以抒情写景为特色，锻造意境，更何况容若又是天性敏感的男子，他拥有不羁的灵魂，也有着女孩儿才有的细腻心思，他的心宛若玲珑剔透的水晶，迎着阳光反射着那个时代特有的忧郁的光芒。

他仿若妙笔生花的画手，总是那么无缝隙地把写景和抒情融合在一起。所以他的词才会情景交融、动人心弦，令人柔肠百转。

东风悄悄侵袭容若的小窗，几朵桃花也跟着跌落在他的窗边，花开花谢本是平常事，可在他的眼里却是那样令人伤感，对月伤怀，感花溅泪，忧愁又是他写词的主笔色调。

东阳瘦，是南朝沈约的典故。沈约和谢朓一起开创了著名诗体——永明体。沈约在梁武帝萧衍灭齐过程中立下功勋，做了大梁的尚书仆射，后被梁武帝猜忌，忧惧辞世。他曾在书信中说自己，日渐清减，腰围瘦损，这便是"沈腰"或"沈郎腰"的典故。

唐初史学家姚思廉在《梁书·沈约传》中记载："沈约，永明末出守东阳……百日数旬革带常应移孔，以手臂率计月小半分。"沈约操劳过度，憔悴消瘦后，被世人称"东阳消瘦""东阳瘦体"。

病中的容若憔悴不堪，可是又有谁来怜惜他宛若沈约般日渐消瘦的身影？他和沈约倒真的有太多的相似之处，一样的才情逼人，一样的风流俊雅。

容若运用典故一向都是得心应手、贴切自然，他自比沈约，失落的心境、忧郁的心情也平铺开来。他很累，如此的慵懒，并非为世俗琐碎之事所累，只是因为春天就要结束了，那个春天，他整个人都包裹在忧郁里。

他生在富贵之家，一直顺风顺水，一场病来得也蹊跷，才导致他遭遇人生第一次重大打击，他很受伤，但他没有就此沉沦，而是选择了做他更擅长、更喜欢做的事。

容若骨子里有宝玉的顽劣亦有黛玉的敏感多情，他对美有着独特的见解，像黛玉，"独把花锄偷洒泪"，她不只是惜花惜人，也感花伤己。

世间一切美好的事物都会触动他的心，一枝桃花谢，一阵东风破，一场秋雨落，他都会为此感伤甚至憔悴落泪。他看在眼里的桃花，不是娇艳羞涩却是沾染了这个季度的落寞。

"不及芙蓉，一片幽情冷处浓。"这里的芙蓉并非指荷花，而说的是唐朝李固落地后游蜀，遇见一老妇人，老妇人对他说，明年他会在芙蓉镜下中举，20年后拜相。李固本是心灰意冷，听了老妇人的预言，再去考试，果然中举，很有意思的是榜上正有"入镜芙蓉"四字。

所以这一阕词，从表面看是写桃花，然四时之景既不同，揽物之情则各异吧。

说到底，容若的心里一直在为自己错过殿试而耿耿于怀，他无才也就罢了，才华横溢却偏偏错失良机。

少年时代，一个人的心十有八九是靠激情和浪漫来支撑的，这人生之路上的第一次失败，把一路顺流而下的容若打了一个趔趄。他真心为好友喝彩祝福，也为自己伤心。十八九岁，开花的年岁，容若第一次明白了什么是命运弄人。或许是他的人生太顺利了，老天才会让他历经波折。

一般，春风得意的时候，我们不信命，遭遇失败重创的时候，连那些不肯相信宿命的人最后都向宿命低头。

"人生在世不称意"不仅是李白人生际遇的写照，同样也是天下文人人生际遇的真实写照。翻开中国文学史泛黄的长卷，人生境遇无失意经历的几乎没有。失意悲情有时会让人一蹶不振，有时也会成为诗人、词人创作的源泉。

容若的七律诗《幸举礼闱以病未与廷试》，就是写于这一时期。

万春园，是个典故，只是说明他错过了殿试的机会，万春园，怎会错过春期？是造化弄人、命运弄人吧？也有记载说万春园曾是京城一个地方。

容若那一年失意的天空，变得灰蒙蒙的，诗中字里行间都充满了淡淡的伤感。依着容若的家世，凭着明珠现在的地位和身份，容若想做什么差事，或是到哪儿读书，也就是一句话的事儿。可靠拼爹保送，毕竟和公平竞争不一样。

还好，明珠夫妇并不把这事放在心上，看着落榜的儿子郁郁寡欢，又病恹恹的，爱子心切的明珠安慰容若："吾儿年纪尚小，夺取功名之事，我看再过几年吧。"明珠对儿子百般包容，他并没有像旧时的封建家长那样苛刻。

或许上苍和明珠一样，都在庇佑和厚待容若。

其实，这个世界永远都是公平的，人生有得就有失。

上帝为你关闭一扇门，势必会为你打开一扇窗。

十九岁，啮膝带香归，谁整樱桃宴

在顺天府乡试中，容若和曹雪芹的爷爷曹寅双双中举。

高墙大院里成长起来的容若，比坊间的男孩子更需要朋友，他需要那种心灵相通、彼此知心的朋友，有共同的爱好、共同的理想、共同的追求，而曹寅恰是这样的人，他和容若有太多相同的地方，以后的日子同为康熙的御前侍卫，生命中便添了些惺惺相惜。

虽然，这一次因病错过了殿试的好机会，可是容若却也幸运地认识了自己的另一位恩师——本次顺天府乡试的副主考官、明末清初著名的"昆山三徐"之大哥徐乾学。

他身上的光环实在太多：康熙九年的探花、翰林院编修、二十四年的内阁学士、二十六年的左都御史、刑部尚书、国子监祭酒。

另外徐乾学是明末清初知识文化界享有盛誉的知名学者、汉学大儒，还是明末清初思想家顾炎武的外甥，徐家三兄弟均得到顾炎武的悉心指点和捐助。徐乾学天资聪颖，8岁就能写出漂亮的文章。康熙九年（1670）徐乾学金榜题名得中探花，从此步入仕途。就在顺天府乡试时，他录取容若为举人，从此成为容若的座师。徐乾学的人品、官品和他阿谀明珠的事这里不多说，总之他是 17 世纪朋党之争的知名人物。

第一轮乡试发榜之日，按照惯例，主考官在北京京兆府堂设宴，上千学子集体谒师，老师学生共聚一堂，大家举杯共饮，互相认识一下，以后方便在官场互相提携和帮衬。

徐乾学发表了精彩的演讲。他作为知名学者，大清文坛学界的头面人物，那翩翩大儒的风度和博学的才识，让久闻大名的容若有高山仰止的感觉。

他热血沸腾，一夜无眠，饱蘸着激情和敬仰之情挥毫泼墨，洋洋洒洒写下了著名的书信体散文《上座主徐健庵先生书》，第二天专程携诗作去拜见徐乾学。文章全篇洋溢着对老师的深厚感情，"温温乎其貌，谆谆乎其训词"的温和仪容，和他那诲人不倦的教态、那温文尔雅的大儒之风范，"如坐春风，令人神怿"。

他像一个那么容易知足的孩子，因为老师在他的心里是至高无上的，他认为师岂易言哉！而古代，把君、亲、师三者并列，亲恩、师恩、君恩，是彼此恩义相交、密不可分的有机整体。他甚至丰富了韩愈的"师道"说，要从学术、道德、文章三方面来培养和教育学生。

徐家三兄弟，老大徐乾学、老二徐秉义、老三徐元文是当年著名的"昆山三徐"，以"一门三鼎甲"名震京华。顺治十六年（1659），徐元文高中状元，康熙十二年（1673），徐秉义中探花，徐乾学本人为康熙九年（1670）探花。三兄弟同朝为官，名满天下。

容若在国子监的那位校长大人徐元文便是徐乾学的三弟。

徐元文欣赏容若，平时和大哥闲谈一定对自己的得意门生赞不绝口，对容若，徐乾学是不识其人，不谋其面，却早已了然于心。

容若这位贵胄公子，不以显赫门第而飞扬跋扈，不以才高八斗而恃才傲物，他青衫落落，举止娴雅，谈吐有度，给徐乾学留下了极好的印象。

徐乾学私藏图书属于"传是楼"，有藏书楼七楹，藏书甲于康熙一朝。他把容若领进了"传是楼"，这位人品欠佳的爱书人、大藏书家，把半生搜罗到的珍本图书全部给容若看。

徐乾学的思想很前卫，那个朝代的他已经意识到世间万物、官位钱财都会成为浮云，能留给子孙后代经久不衰的只有知识。所以他尽半生所有藏书，让他的"传是楼"名满天下。

容若仿佛步入了书的海洋，他像个贪婪的孩子流连忘返。这些书多半都是闲书，与他以前跟老师所学的书截然不同。汉家思想文化的博大精深，让少年容若求知若渴。

他要优秀，要强大，要快点成长起来，他要捍卫他曾经的梦想，只有这样才会有未来。错过殿试的失意和落寞早已烟消云散，他要读书，读好书。

容若清晰地记得那天，是新科进士发榜的日子，他收到了韩菼高中状元写来的诗，也收到了徐乾学派人送来的一小篮子红樱桃。

而自己因病错失机会，老师却在这样一个特殊的日子送来红樱桃，容若刹那间便明白了老师的一番美意，这是对他的认可和鼓励。悲伤有时，花开有时，他才 19 岁，青春本不该这样虚度，他还有很多重要的事要做。他写下了一首《临江仙·谢饷樱桃》：

> 绿叶成阴春尽也，守宫偏护星星。留将颜色慰多
> 情。分明千点泪，贮作玉壶冰。
> 独卧文园方病渴，强拈红豆酬卿。感卿珍重报流
> 莺。惜花须自爱，休只为花疼。

樱桃是北方地区一年中最早成熟的水果之一，有"初唐第一果"之称，在唐朝是一种奢侈而高端的水果。

每年樱桃季，朝廷用它来供祖宗荐庙，皇帝携大臣在皇家樱桃园里搞采摘，专门开宴席品尝，还向近臣赏赐樱桃，这是一种荣宠象征。受赏的臣子要隆重地写诗、做文章，答谢皇帝。

从唐朝（始于唐僖宗时）起，每年新科进士放榜的时间，也跟樱桃成熟时间重合，新进士们聚在一起大吃的"樱桃宴"也相当有名，且新科进士要在家里大摆樱桃宴庆贺高中。

辽金旧俗有"荐新""献事新"之举，就是皇帝赏赐大臣，或达官贵人之间互送刚刚成熟的果物珍品，而樱桃一直被视为果中珍品，于仲夏成熟之日相互馈赠。

有人说，这阕词是容若填写的情词，他娴熟地运用杜牧与少女之母约定和守宫红泪的典故，所以有人说，是表妹赠他樱桃，他才会沉醉其中。

而下阕却自比司马相如"文园病"的典故。此时，恰逢容若失意病卧，徐乾学馈赠樱桃，容若心里感激老师的认可，

不知如何答谢老师，就写了这首词回赠。容若填词，并不是刻意用典，而是这些典故，他早已熟读于心，信手拈来，所以这首词是容若用典手法的一个典范。

容若的文学素养、文字功底，超出了徐乾学的想象。

总以为这首词是情词，其实容若书写此阕词只是为了酬答恩师对自己的信任与认可之情，这样理解更为合理一些。这首词里可以引申理解为容若表明了一种心迹：昔日的自怨自艾、惆怅失意都已过去。病榻上也有充分的时间来思考自己的未来和人生，他要振作起来。

病恹恹的春天终于过去，慢慢康复起来的容若，正式拜徐乾学为师。

徐乾学也曾多次谈到容若跟他读书的情况，"容若以豪迈挺特之才，勤勤学问，生长华阀，淡于荣利，自癸丑五月始，逢三六九日，黎明骑马过余邸舍，讲论经史，日暮乃去"。

"从我游者亦众矣，如容若天资之纯粹，识见之高明，学问之淹通，才力之强敏，殆为之有过之也。"这是徐乾学对容若的评价，可见他对容若的欣赏与喜欢。容若在错失殿试机会后，并没有就此沉沦下去，而是通过这样的方式又丰富了自己的青春时光。

说什么"肠断天涯，暗损韶华"，有病呻吟是一种宣泄，无病呻吟是一种矫情，所以容若真的是为自己而活了。

一个19岁的少年，在徐乾学的指导和帮助下，两年中主持编纂了一千七百九十二卷的儒学汇编《通志堂经解》，并因此得到康熙的赏识。后来，他又把熟读经史过程中的见闻整理成语言，历时三四年，编成了四卷的《渌水亭杂识》，这部书包含天文、地理、历史、佛学、音乐、历算、音乐、考证等方面的知识。

除了编撰书籍，容若还醉心于词的创作。

这一年，爆发了"副榜未取汉军卷"案，两个主犯，一个是徐乾学，一个是状元蔡启傅。徐乾学因为"坐取副榜不及汉军镌级"被事中杨雍建弹劾，被降级调用，打发回老家昆山，蔡启傅回浙江德清县。

容若因此写了一首词：

雨中花·送徐艺初归昆山

天外孤帆云外树，看又是春随人去。水驿灯昏，关城月落，不算凄凉处。

计程应惜天涯暮，打叠起伤心无数。中坐波涛，眼前冷暖，多少人难语。

在容若的词中，偶然也可见生疏玲珑的词牌名，譬如《青衫湿遍》《踏莎美人》和这首短小清雅的《雨中花》等都是他和朋友自创的，双调，94个字，在《全唐诗·附词》仅有一首。

依然是上片写景，下片写情，情景交融，柔美又饱含着词人的真性情，这首小词是送给徐乾学的儿子徐艺初的，其实不过是借送徐艺初送别座师，词里有同情亦有安慰。

容若一向是不喜欢政治的，而这时他不过19岁的少年，处在相府这样的家庭，又对高层政治动态不能做到一无所知，所以在这一阕词里也隐隐地流露出他对自己前程的迷茫。

这时的徐艺初还没有成家，他一直陪伴在徐乾学身边，这一次和父亲一起回老家。孤帆远影慢慢地消失在天水的尽头，云彩缥缈，树木渐稀，寂寞又高远，离别，不过是延长送行的人的寂寞罢了。

容若去世的那年，徐艺初高中进士，他终是没有喝到徐艺初那杯及第的酒。但是在容若错失殿试机会的三年后，康熙十五年（1676），容若殿试以二甲七名的成绩风光登科，被康熙破格授予三等侍卫官职，寻晋一等，从此成功步入仕途。

生查子

鞭影落春堤，绿锦鄣泥卷。脉脉逗菱丝，嫩水吴姬眼。

啮膝带香归，谁整樱桃宴。蜡泪恼东风，旧垒眠新燕。

这首词是容若前期的代表作之一，整首词节奏欢快明丽，洋溢着青春的激情。恰逢古代男子人生三大喜之一"金榜题名"时，他心花怒放。

在他21岁的青春年华，扬眉吐气，他终于品尝到了成功的滋味。春光美，春水旖旎，京郊长堤，金鞭美少年，锦衣名马，横鞭策马驰过长堤，鞭影扬起最美的弧度，搅动一帘春光，马蹄跶伐飞驰溅起春泥，沾湿绿锦，也不足惜。

春水荡漾，波光流转，宛如江南女子脉脉的眼神，菱丝蔓蔓，缠绕交织，无限爱意缱绻，尽在不言中。他马踏芳草，携香而归。彼时，他就是心花怒放的追风少年，在他的眼里，整个世界都变得明媚起来。

打马归来，赶回府中，家中已经摆好樱桃宴。科考，是封建时代的大事，无论平民还是贵胄，若金榜题名，家家户户定会像过节一样庆贺，毕竟这是光耀门楣的大喜事。

　　大家一起举起杯，觥筹交错，怎不叫人心动流连！款款东风吹得烛火摇曳跳跃，烛光辉映着他年轻的脸。

　　这是一个新的起点，在春天里，拉开他仕途腾达的序幕，他开始常伴随君王左右。

渌水亭：野色湖光两不分

天仙子·渌水亭秋夜

水浴凉蟾风入袂，鱼鳞蹙损金波碎。好天良夜酒盈
尊，心自醉，愁难睡。西风月落城乌起。

清朝入关，政权稳定后，王公贵族纷纷给自己营建私家
花园，他们大兴土木，三山五园，几乎攀至中国古代园林史
的顶峰。

容若在明府也有自己的园林，他把自己的池畔园亭命名
"渌水亭"，这里是容若和朋友们的雅聚之所，或纳凉，或喝
酒会客，或吟诗填词……这里有亲人穿梭，有高朋满座。他
的人生只有短短 30 年，渌水亭承载了他整个的青春岁月。

这是他一生中最标志性的建筑。

"渌"，清澈的意思，"渌水"就是清池，水之淡泊、涵远，
名字取自南齐安陆昭王萧景业赞庚景行的句子"泛渌水、依
芙蓉"。最早的出处在《南史·庚杲之（景行）传》，庚景行以
孝行著称，做官后，廉洁自律，被王俭委以重任。当时萧景
业知道了，专门写信给王俭，说："盛府元僚，实难其选。痱

景行泛渌水，依芙蓉，何其丽也。"

容若，熟悉这段典故，庚景行也是一名清秀俊朗的美男子，同样恬静淡定的容若就给自己家的小凉亭取名渌水亭。

它的修建时间没有记载，但在《纳兰性德年表》中写道，容若在康熙十二年（1673）癸丑开始撰写一部以亭子命名的札记，名叫《渌水亭杂识》，所以可以判定渌水亭建于1673年之前。

这首词便以渌水亭入题。任多少相知相惜的友情，任多少相依相偎的爱情，皆成云烟，表妹走了，朋友们走了，一切如幻梦一场。那年那月渌水亭的夜，秋月凉薄，他只身一人，望月，独饮，作诗，一人融进乌鹊四起的暗夜里。

今日，渌水亭已经荡然无存，但贵族之家的园亭风景定是十分优美，容若曾经效仿王羲之和李白在《兰亭集序》和《春夜宴桃李园序》之后撰写了《渌水亭宴集诗序》，被称为研究有清一代最美的骈文。

他这样描绘：

清川华薄，恒寄兴于名流；彩笔瑶笺，每留情于胜赏。是以庄周旷达，多濠濮之寓言；宋玉风流，游江湘而讬讽。文选楼中揽秀，无非鲍谢珠玑；孝王园内骞芳，悉属邹枚藻绘。

予家象近魁三，天临尺五。墙依绣堞，云影周遭；门俯银塘，烟波淼漾。蛟潭雾尽，晴分太液池光；鹤渚秋清，翠写景山峰色。云兴霞蔚，芙蓉映碧叶田田；雁宿凫栖，秔稻动香风冉冉。设有乘搓使至，还同河汉之皋；傥闻鼓枻歌来，便是沧浪之澳。若使坐对庭前渌水，俱生泛宅之思；闲观槛外清涟，自动浮家之想。何况仆本恨人，我心匪石者乎。

间尝纵览芸编，每叹石家庭树，不见珊瑚；赵氏楼台，难寻玫瑁。又疑此地田栽白璧，何以人称击筑之乡；台起黄金，奚为尽说悲歌之地。偶听玉泉呜咽，非无旧日之声；时看妆阁凄凉，不似当年之色。此浮生若梦，昔贤于以兴怀；胜地不常，曩哲因而增感。王将军兰亭修禊，悲陈迹于俯仰，今古同情；李供奉琼宴坐花，慨过客之光阴，后先一辙。但逢有酒开尊，何须北海；偶遇良辰雅集，即是西园矣。且今日芝兰满座，客尽凌云；竹叶飞觞，才皆梦雨。当为刻烛，请各赋诗。宁拘五字七言，不论长篇短制；无取铺张学海，所期抒写性情云尔。

这里是容若的精神家园，每天从宫里回来，偷得闲暇，他便在这里散步、写诗、填词。他和心心相印的朋友聚会，把酒放歌，观景赏荷，吟诗作赋，猜酒行令，雅会诗书，这里比大观园更为风雅热闹，行尽风雅之事。

容若的家离皇宫不远，与景山毗邻，与北城墙西苑三海不远，是绝佳的造园之地。所以当年明相才把府邸选在这里。

乾隆时期的太仆寺卿戴璐在《藤阴杂记》中道："渌水亭为容若著书处，在玉泉山下。"容若也曾写过一首名为《玉泉》的诗："芙蓉殿俯玉河寒，残月西风并马看。十里松杉清绝处，不知晓雪在西山。"

据说这芙蓉殿乃是金章宗在玉泉山南坡附近的行宫，御河即玉河，是玉泉水流到昆明湖这段河道的名称，渌水亭即建在玉河岸边。

江南陈维崧有《齐天乐》词赞誉道："分明一幅江南景，恰是凤城深处。"

据《纳兰性德年表》记载："康熙十八年（1679）己未夏，（容若）与朱彝尊、陈维崧、姜宸英、张见阳等集渌水亭观荷。"

朱彝尊有篇文章《台城路·渌水亭观荷》，题目下的序言为"夏日同对岩、荪友、西溟、其年、舟次、见阳，饮容若渌水亭"。词中写道：

> 一湾裂帛湖流远，沙堤恰环门径。岸划青秧，桥连皂荚，惯得游骢相并。林渊锦镜，爱压水虚亭，翠螺遥映。几日温风，藕花开遍鸳鸯顶。不知何者是客，醉眠无不可，有底心性。研粉长笺，翻香小曲，比似江南风景，看来也胜。只少片天斜，树头帆影。分我鱼矶，浅莎吟到暝。

渌水亭前的水是引玉泉山裂帛湖的水而来，水边堤岸环绕着门径，澄澈的水边高大的树木围绕，西山倒映在水中，水面莲花在絮风轻拂下调皮地摇曳着，鸳鸯悠闲地嬉戏莲叶间，恰似江南好风光。

渌水亭聚会的意义不在于吟诗作赋本身，更大的意义在于，清朝初年，容若作为满族贵族的代表，在民族成见极深的等级社会，广交汉族知识分子，起到了民族团结作用，这个作用是积极的、不可低估的。

其实，无论渌水亭是在明府内还是在其他的地方，其实就一傍水所在，是一座乡野风格的建筑，而且是一座茅亭，容若一直生活在这里。这里的风景怡人，宛如如画的江南，更像一个度假村。

容若十分喜欢这里，写过很多文章，还专门为渌水亭写过一首抒情七绝小诗。

渌水亭

野色湖光两不分，碧云万顷变黄云。

分明一幅江村画，着个闲亭挂夕曛。

这首诗写的是暮色笼罩中的渌水亭。暮色四合，夕阳流金，天边的云层层尽染，拉伸铺满天空。渌水亭静静地伫立在一抹夕阳中。

经了容若的笔，他不过轻轻勾勒，景中画、画中景便呈现在读者眼前。

其实，容若如昙花般的人生，一直顺风顺水，没有经历过什么大的波折和风雨。他不需要和他身边这些朋友一样，拼尽全力去挤通往官场的独木桥；他不需要为了一官半职去争个头破血流；他不为银钱发愁；他可以任性，可以做自己喜欢做的任何事情，不必带任何功利。

他干净纯粹，他那样的热爱汉文化，向往那种淡泊恬静的生活。他在贵不骄，处富能贫。在他纯粹的心里，根本就没有高低贵贱之分。他有着丰富的内心世界，不论相府的生活多么惬意，在他的心灵深处，他依然是孤独的，他渴望朋友，渴望爱，渴望有和他一样痴爱文字的朋友，渴望心与心的沟通与交流。

渌水亭很风雅，他的朋友很风雅，他们志同道合，虽然很多人为布衣或江南的寒士。当时，严绳孙、姜宸英都是容若的座上宾。他们在这里，吟诗对酒，纵论天下。特别是秋水轩唱和时，盛况空前，容若也结识了很多一生的朋友。

错失殿试机会后，他就投入到自己喜欢的事里去，写诗，填词，撰书。《渌水亭杂识》里有几十条诗词短论，堪称研究诗词写作的结晶。

在第四卷中他写道：

> 诗乃心声，性情中事也。发乎情，止乎礼义，故谓之性。亦须有才，乃能挥拓；有学，乃不虚薄杜撰。才学之用于诗者，如是而已。昌黎逞才，子瞻逞学，便与性情隔绝。

所谓诗歌也是发自肺腑，真实情感的流露，肚子里有真实才学，才会一气呵成，而不是凭空去杜撰。所谓诗的光彩是诗人思想的光彩折射，人格决定诗格。心语自然流露胜过了刻意雕琢的华美，诗是作者内心思绪的展观，心声决定诗的内涵，是诗者心绪空灵的升华。

> 今世之大为诗害者，莫过于作步韵诗。唐人中、晚

稍有之，宋乃大盛，故元人作《韵府群玉》。今世非步韵无诗，岂非怪事？诗既不敌前人，而又自缚手臂以临敌，失计极矣。愚曾与友人言此，渠曰："今人止是做韵，谁曾做诗？"此言利害，不可不畏。若人不戒绝此病，必无好诗。

他并非完全反对步韵诗，而是反对"今人非步韵无诗"。元稹和白乐天唱和是文坛的佳话，像"沉舟侧畔千帆过，病树前头万木春"就是刘禹锡与白居易的唱和诗。

而容若自己的《西苑杂咏和荪友韵》二十首，也是步韵唱和之作，描写真切动人。

他步韵诗为"病害"，是指诗人本身文化底蕴水平都偏低，不如古人。也难怪他这么说，翻开清诗，步韵酬和诗占了多数，水平被唐人甩了好几条街。

正如容若写的：

　　诗之学古，如孩提不能无乳姆，必自立而后成，诗犹之，能自立而后成人也。明之学老杜，学盛唐者，皆一生在乳姆胸前过日。

今人学作诗，要先学古人，小孩自由的需要乳母抚养，才能长大独立，而明朝人学杜甫的诗，学习盛唐的诗，一辈子都不曾独立，宛若小孩子一直摆脱不了对乳母的依赖一样。

> 自五代兵革中原，文献凋落，诗道失传，而小词大
> 盛。宋人专意于词，实为精绝；诗在尘饭涂羹，故远不
> 及唐人。

五代之后，战乱连年，大唐的文化被历史的烽火和尘烟
层层覆盖，宋人热衷于填词，文献凋落，诗道失传，后人失
去了学文作诗的条件。民间流传着口头文学，所谓小词大盛
的原因，人们对作诗不认真，所以诗歌水平远不及唐代。

而现在"人情好新，今日忽尚宋诗。举业欲干禄，人操
其柄，不得不随人转步。诗取自适，何以随人？"

喜新厌旧是人的本性，现在忽然流行宋诗。但为了科举
而读书，不得不随时跟着别人定下的方向和规矩读书。

他的《填词》诗：

> 诗亡词乃盛，比兴此焉托。往往欢娱工，不如忧患
> 作。冬郎一生极憔悴，判与三闾共醒醉。美人香草可怜
> 春，凤蜡红巾无限泪。芒鞋心事杜陵知，只今惟赏杜陵
> 诗。古人且失风人旨，何怪俗眼轻填词。词源远过诗律
> 近，拟古乐府特加润。不见句读参差《三百篇》，已自
> 换头兼转韵。

这诗里涵盖了三层意思：第一，容若以流变的观念、兴
废更替的眼光，界定既各自独立又彼此联系的文体地位。"曲
起而词废，词起而诗废，唐体起而古诗废。"诗亡后，词是新
兴样式，与《诗》《骚》、赋、乐府并列，是文体发展链条上

自足的一环。

第二，人们瞧不起填词是因俗眼不明的缘故，词既流行，就应该接续《诗经》传统，以比兴、"风人"为归指。

第三，他推崇杜甫。作为一个纯粹的词人，他有自己独到的见解。

一曲金笳：征人自是无归梦

挽刘富川

人生非金石，胡为年岁忧？有如我早死，谁复为沉浮？我生二十年，四海息戈矛。逆节忽萌生，斩木起炎州。穷荒苦焚掠，野哭声啾啾。墟落断炊烟，津梁绝行舟。片纸入西粤，连营倏相投。长吏或奔窜，城郭等废丘。背恩宁有忌，降贼竟无羞。余闻空太息，嗟彼巾帼俦。暗淡金台望，苍茫桂林愁。卓哉刘先生，浩气凌牛斗。投躯赴清川，喷薄万古流。谁过汨罗水，作赋从君游。白云如君心，苍梧远悠悠。

康熙十三年（1674），大清基本统一天下，停止了战争。

康熙十二年（1673）春，康熙皇帝做出撤藩的决定，平西王吴三桂于同年十一月起兵叛乱，诛杀了云南巡抚朱国治，打着"兴明讨虏"的口号起兵造反，并于康熙十三年（1674）在衡州称帝。

吴三桂军由云、贵而开进湖南，占据四川、福建、广东、广西、陕西、湖北、河南等地。

叛军攻到广西富川县，容若这首诗里的主人公刘钦邻出现了。他本是顺治十八年（1661）的进士，任富川县知县。广西将领孙延龄世受国恩却附逆作乱，投降叛军一起攻打富阳城，县城陷落，刘钦率四十余家丁和叛军展开巷战，终因寡不敌众被捕。孙延龄授印劝刘钦邻投降，他把官印掷在地上，痛斥叛军无君无父，叛军将他打入监牢。

绝命诗

城社丘墟不自由，孤灯囚室泪双流。

已拼一死完臣节，肠断江南亲白头。

殉难诗

反复南疆远，辜恩逆丑狂。

微臣犹有舌，不肯让睢阳。

他在牢房里写下这两首绝命诗，乘狱卒不备时自缢。

刘钦邻死后，清政府追赠为太仆少卿，谥号"忠节"。

这两首诗，论技巧和水平并不多么出彩，真正出彩的是刘钦邻誓死效忠大清的忠君气节，让容若震撼和动容。

而诗里提到的典故，容若也是知晓的。睢阳城守张巡，开元末年中进士，以太子通事舍人身份出任清河县令，因政绩优良回召回长安。张巡不肯依附杨国忠而调任真源做县令，因为政简约深受百姓拥护。

安史之乱开始，很多州县的太守、县令都望风而降，而张巡一直在战斗。

至德二年（757）安禄山的儿子安庆绪率10多万人进攻

睢阳，张巡和许远激励将士，迎战20余次，张巡被推为主帅，自己筹措军粮和物资，将叛军打败。

七月叛军再次围城时，张巡率部死守，兵困马乏，内无粮草，外无援兵，士兵每日才能分到一勺米，饥了只好吃树皮和纸。守军也只剩千余人，瘦弱得拉不开弓。张巡杀其爱妾，煮熟了犒赏将士，许远也将自己的奴童给士兵吃。

最后，连城中的麻雀、老鼠和铠甲上的皮子都吃光了。再后来吃老弱妇孺，吃掉了不下3万人。但睢阳城最终还是陷落了，张巡被俘。

容若被张巡的忠君气节震撼了。

韩愈评说："守一城，捍天下，以千百就尽之卒，战百万日滋之师，蔽遮江淮，沮遏其势。天下之不亡，其谁之功也？"

睢阳城战前有百姓四万户，而战后，幸存者仅四百余人。是与非，功与过，留给后人去评说。

像刘钦邻，拼死捍卫的真正的信仰又是什么？

三藩之乱伊始，当时才执政不久的康熙提出撤藩问题时，明珠一直站在康熙这边。吴三桂叛乱后，满朝惊慌失措，康熙要迁都，孝庄训斥了他一番，并教育他怎样玩转朝中这些臣子，让他们心甘情愿为朝廷卖命。明珠作为主战派，而索额图为主和派，两人一直明里暗里较劲，两党之争也如火如荼，而康熙却一直重用他们，想通过制衡官员达到政局平衡。

而作为主和派的代表，索额图却跟康熙说，应该处死明珠等主战派，三藩议和才为上策。

而容若自然不会对这些一无所知，因为父亲的命运关系到整个纳兰家族的命运。他本人也一直在康熙身边，皇权的冷酷，伴君如伴虎，容若比寻常人看得更清楚。

篇首的五言长诗《挽刘富川》，写于康熙十七年（1678）。这时的容若已担任康熙的侍卫两个年头，而一向对政治不感冒的他，在诗中声讨叛军罪行，斥责孙延龄这类降敌的将军。

他敬佩孙延龄的夫人和硕格格孔四贞的深明大义，并为刘钦邻点赞，说他的精神像白云一样纯洁无瑕，拥有像屈原一样伟大的爱国情怀，飘在太阳升起的地方，永放光芒。

沾染了那么浓厚汉人之气的容若，骨子里到底还是一个旗人。写这首诗，容若是为了力挺父亲，也是为了护纳兰家族平安。

容若还有步韵诗《记征人语》十三首。

记征人语（十三首）

列幕平沙夜寂寥，楚云燕月两迢迢。
征人自是无归梦，却枕兜鍪卧听潮。

横江烽火未曾收，何处危樯系客舟。
一片潮声飞石燕，斜风细雨岳阳楼。

楼船昨过洞庭湖，芦笛萧萧宿雁呼。
一夜寒砧霜外急，书来知有寄衣无。

旌旗历历射波明，洲渚宵来画角声。
啼遍鹧鸪春草绿，一时南北望乡情。

青磷点点欲黄昏，折铁难消战血痕。
犀甲玉枹看绣涩，九歌原自近招魂。

战垒临江少落花，空城白日尽饥鸦。
最怜陌上青青草，一种春风直到家。

阵云黯黯接江云，江上都无雁鹜群。
正是不堪回首夜，谁吹玉笛吊湘君。

边月无端照别离，故园何处寄相思。
西风不解征人语，一夕萧萧满大旗。

移军日夜近南天，蓟北云山益渺然。
不是啼乌衔纸过，那知寒食又今年。

鬓影萧萧夜枕戈，隔江清泪断猿多。
霜寒画角吹无力，梦归秦川奈尔何。

一曲金笳客泪垂，铁衣闲却卧斜晖。
衡阳十月南来雁，不待征人尽北归。

才歇征鼙夜泊舟，荻花枫叶共飕飕。
醉中不解双鞬卧，梦过红桥访旧游。

去年串亲此从军，挥手城南日未曛。

我亦无端双袖湿，西风原上看离群。

　　烽火硝烟里，天下的离人和思妇，皆暗自伤怀。容若依然被战乱的余波震荡着，家国情怀在胸中激荡。他又写过几首《南乡子》，其中《南乡子·捣衣》最有其独到之处。

　　战争波及，征夫上前线，思妇独守空房岁月长，思念让她伤心断肠，只有靠擦拭捣衣石来打发寂寞的时光。容若的心，容若的泪，只为天下的离人和思妇。

　　所以，三藩之乱，这场曾经撼动大清之初政治根基的战乱，于康熙，他着眼的是天下大局，政权之稳固；于明珠，他看重的是自己的政治前途。唯有容若不同，他用一个词人感性的眼眸，洞悉了战争背后的那一面。他能设身处地，体味战争带来的痛苦，以其婉约之笔，写出了悲壮之美。

第四章

知音和弦：情深我自拼憔悴

郊游联句：人生别易会常难

浣溪沙·郊游联句

出郭寻春春已阑（陈维崧），东风吹面不成寒（秦松龄），青村几曲到西山（严绳孙）。

并马未须愁路远（姜宸英），看花且莫放杯闲（朱彝尊），人生别易会常难（纳兰性德）。

康熙十五年（1676）山西王辅臣和福建的耿精忠先后投降，广东的尚之信也在第二年投降。康熙十七年（1678）吴三桂称帝后不久也病死，清政府基本平了三藩之乱。

正月二十三，康熙开始笼络人心，泯除亡明遗老们的反清意识，巩固大清的统治，他向天下颁诏：凡三品以上官员推荐"学行兼优、文词卓越之人"，科举考试外，又增设举办"博学鸿词科"。

诏书写道："一代之兴，必有博学鸿儒振起文道，阐发经史，以备顾问。朕万几余暇，思得博通之士，用资典学。其有学行兼优、文词卓越之士，勿论已仕未仕，中外臣工各举所知，朕将亲试也。"

康熙帝向汉族士大夫抛出橄榄枝，朝中大臣和地方各级官员，奉旨向朝廷举荐了143名士子参加考试。当时傅山、顾炎武、黄宗羲等却公然拒绝了皇帝的美意，比如傅山直接装病不去考试。

康熙十八年（1679）一共录取了50人。江南三布衣朱彝尊、姜宸英、严绳孙，加上陈维崧、秦松龄和在京的容若，惺惺相惜的知交好友都来了，唯一令人遗憾的是，姜宸英早已拟定被推荐，却因错过日期而作罢。

共同的喜好让这些文化名流走到一起，令人称奇的是，容若与他们中间每一个人都是至交。秦松龄是顺治十二年（1655）的进士，也是早年得志，曾授博学鸿词科一等，后因"奏销案"被削籍近十年，这一次复授原官为国史馆检讨，朱彝尊也授予翰林院检讨。

容若也为博学鸿词科一等。

最有意思的是，严绳孙无意为官，却被推荐考试，殿试时随便应付了首《省耕诗》就跑了，康熙却钦点"史局不可无此人"，授翰林院检讨，参与编纂《明史》。

联句是古代作诗的方式之一，即由两人或多人共作一诗，联结成篇。这是文人的一种文字游戏，多于饮酒时助兴用。

相传这种作诗方式源于西汉，汉武帝在柏梁台设宴宴请群臣时说，能做出诗来的官员，方可上台入座。当时共有26人参加，都是七言诗，每局用韵，称柏梁体。

无论过去仕途多坎坷，无论过去生活多失意，如今赶上了好机遇，大家都各有所得，也算天遂人愿。

张见阳诗序中写道："曩者，岁在己未，余谬以文学见徵，旅食京华。张子见阳联骑载酒，招邀作西山游，同游者为施愚山、秦留仙、朱锡鬯、严荪友、姜西溟诸公，分韵赋诗，极一时之盛。其后，诸公骤列清华，与修《明史》，余独被放南归，是世之潦倒无成者，莫余若也。"

但恰逢暮春三月，相聚在渌水亭，重逢的喜悦激荡着每一个人的心，一群人浩浩荡荡出城郊游探春，同游西山。施愚山、张见阳、朱彝尊、秦松龄、严绳孙、姜宸英等。文人，多面对美景和难得的聚会，自然是感慨万千，所以彼此间的联词才会珠联璧合。

这是一首对话体的诗。每人一句，分韵作诗，用同样的韵脚。这样联句的文人游戏，在《红楼梦》里有很多。所以，说容若和宝玉有太多太多相似的地方了，这真的是巧合吗？

阳羡领袖陈维崧作开卷语，虽然有人说他的豪放是装出来的，毕竟他和徐云郎的断袖情事，人尽皆知。他用情至深，把一曲断袖之恋演绎得如火如荼。

姜宸英也很任性疏狂，他在考卷中说朝廷是"牢笼豪杰"竟然也进了翰林院。严绳孙的句子，浪漫而简约，极富画风。

这六人中，最落寞的就数姜宸英了，他是江南很有名望的才子狂士，屡试不第，也并非全怪朝廷不给他机会。他特立独行，怪诞，是风流名士的特质，不按要求作文，不按常规出牌，天也帮不了他。直到康熙二十七年（1688）会试，他终于中规中矩地作答，可又因典故的事抢白了主考官。

姜宸英一心问鼎功名，但屡试不中，可他一生都没有放下，终于在70岁那年考中进士，却因顺天乡试科场舞弊案受牵连，死在狱中。这些都是后话了。

虽然姜宸英错失机会，却得到徐乾学的赏识，也去编《明史》。容若是徐乾学的得意门生，所以容若和年长他27岁的姜宸英便因此相识。

姜宸英本是明珠政敌的门生，和明珠对立，他也曾在容若面前摔过杯子，大骂纳兰家"没有一个好人"。可容若却不以为意，认为他不过是对官场不满而已。这令姜宸英感动不已，遂与容若结为知交。他在给容若的信里曾说："轸念贫交，施及存殁，使藐然之孤，虽不能尽养于生前，犹得慰所生于地下。"

两人自康熙十二年（1673）相识，一直到康熙二十四年（1685）容若去世，一直是相知好友。

容若痴迷汉文化，对身边这些汉族文人倾心相待。他一片冰心待朋友，尽心尽力，事事周全。姜宸英、朱彝尊他们在潦倒落魄之时，都曾得到过容若的资助。

容若曾为姜宸英写过一首《点绛唇·空酬作》："不成孤酌，形影空酬酢，萧寺怜君，别绪应萧索。"

姜宸英在容若的祭文里曾写道："我蹷而穷，百忧萃止。是时归兄，馆我萧寺。"

他来京考试时，是容若为他提供了住所，才得以住在萧寺。

无数次落第，潦倒失意贯穿了他的一生。姜宸英有没有做官的潜质，容若最清楚，他却不能打击他的自尊心。

容若能懂他的落寞和失意，在《金缕曲·慰西溟》中写道"失意每多如意少"，劝他"且乘闲，五湖料理，扁舟一叶"，远离都市的繁华和喧嚣，归隐山林，卧看北斗，吹笛娱乐，像范蠡那样泛游五湖，多么怡然自得。

严迪昌评说这首词："慨然长叹，劝慰中透不平。"是，容若，心中亦有不平。

容若更看得清自己的前途，在别人看来，他站在别人一辈子都攀登不到的高处，定是前途无量。而现实却是，父亲权倾一时，这势必为帝王所忌惮，自己的前途不会再有峰回路转的风景。

他这豪门贵公子，零距离接近大清权力中枢，过早地看透官场的一切。人生就是如此，但凡事参不透，就不会痛苦，看得太透反而会平添更多的痛楚。他将官场的真面目看得太彻底，他劝说姜宸英，也是劝慰自己。

就像他在22岁生日时的抒怀自寿，既然"浮名总如水，不如拼尊前杯酒，一生长醉"。

容若就是那种世界上任何最好的东西都拥有了，却还是不快乐的人。这一生，一切仿若"天已早安排就"，他"折尽风前柳"，爱情、友情、亲情，皆与他一一别过。

容若在《潇湘雨·送西溟归慈溪》中一片真情送朋友，姜宸英要回老家，他送了一程又一程，推心置腹地劝说姜宸英，去一个适合自己的地方生活，没必要非考取功名。

姜宸英回老家了，朱彝尊被贬官，秦松龄也因顺天乡试被革职，严绳孙看好友处境堪忧，皆无缘官场，他在康熙二十四年（1685）也辞官回家隐居了。

《红楼梦》里写道：世上无不散的筵席。昔日热闹喧嚣的渌水亭宛若败落的大观园。

所以，纵使现在大家聚在一起，他也只能仰天长叹，以一句"人生别易会常难"黯然收尾。

张见阳：把酒留君君不住

蝶恋花·散花楼送客

城上清笳城下杵。秋尽离人，此际心偏苦。刀尺又催天又暮，一声吹冷蒹葭浦。

把酒留君君不住。莫被寒云，遮断君行处。行宿黄茅山店路，夕阳村社迎神鼓。

这是容若写给张见阳的一首词。在容若的朋友圈里，张见阳是很值得关注的人物。一般熟悉《红楼梦》的学者都知道，张见阳是渌水亭的常客，和曹寅同籍同旗，是容若和曹寅共同的挚友。

张见阳，名纯修，字子敏，号见阳，容若的知心故交，称他"真知我者也"，张见阳称容若为异性昆弟。张见阳本是内务府包衣，进士及第后，任江华县令，长期任安徽庐州府知府，康熙年间名重一时，名流高士奇等都与他相交深厚。

容若那些孤独、惆然和哀愁，就连张见阳这么至交的朋友，在他去世多年后回忆起他，还为之惋惜慨叹。旁人，又有谁能懂他的心事？

虞美人

残灯风灭炉烟冷，相伴唯孤影。判教狼藉醉清樽，
为问世间醒眼是何人。

难逢易散花间酒，饮罢空搔首。闲愁总付醉来眠，
只恐醒时依旧到樽前。

容若是那个时代的宠儿、骄子，拥有令人艳羡的贵族出身和高贵的身份，他却不快乐。他的愁，"愁似湘江夜潮"奔流不息。明代李开先在《后冈陈提学传》写道："只凭以酒浇愁，愁不能遣，而且日增。"

《红楼梦》里那首小诗："满纸荒唐言，一把辛酸泪。都云作者痴，谁解其中味。"那么多人喜欢《红楼梦》，那么多红学爱好者研究它，可是又有谁解其中味？

宛如我们品读纳兰词，谁能懂他的辛酸泪，谁能真的洞悉纳兰心事呢？这首《虞美人》里的万千愁绪，不过是他的冰山之"愁"的一角，大多数人理解不了他的愁，认为他是一个消极避世的颓废词人，总爱沉浸于一个人的饮酒醉，不敢面对现实。

也许，曹寅能懂，也许，张见阳也能懂。

容若的愁，抛开儿女情长，他的那种失意和不得志是在封建体制下一种极度精神苦闷的表现。

比如，"三藩之乱"爆发后，他堂堂七尺男儿文武双全，怀报国之心，无报国之门，不能投笔从戎，为国平叛。

陪侍君王左右对别人来说是极致的荣耀，而之于容若，却是无法言说的痛楚和负累。从某种意义上来说，他和他那

些草根文人朋友又有何不同呢？他们在权力之门外，苦苦追逐，而他就站在别人够不着的高处，却一样无自己施展才华的一方舞台。

康熙十八年（1679）秋，张见阳出任湖南，任江华县令，离京前，友人纷纷题诗为其送行。张见阳汇题诗装池成卷。若干年后，高士奇去官归田，路经瓜州，在语石轩得睹见阳所藏诗卷，感慨良多，即书七律一首，题为《书江华送行诗卷后》，诗曰："忆把吟鞭怅落晖，折残杨柳已成围。却因江岸孤舟话，重感衡阳断雁飞。诗卷尚留余兴在，酒垆还叹旧朋稀。岁寒风雪频来往，不惜萍踪久未归。""酒垆"句下有注："谓其年、容若。"

江华，今湖南江华县东南，现为瑶族聚居的自治县。汉置冯乘县，唐置江华，后改云溪，处于湘、粤、桂三省接合部，为多民族聚居地区。"三藩之乱"时，吴三桂病死湖南衡州，他的孙子吴世瑶一直占据着江华县，清军刚在湖南正面战场收复江华，就派张见阳去任职。

"三藩之乱"的战火尚未全熄，最好的朋友却要远离京城出任地方官，并非优差。况且江华并不是容易治理的地方，即便天下太平，民族冲突也此起彼伏。容若真的很担心。

一首很普通的送别诗，却弥散着浓浓的别离愁。真正的朋友，纵然天涯海角，心与心亦是相通。但愿他能在狼烟遍地的一方土地上，成就自己的事业。"莫被寒云，遮断君行处。"

渌水亭，也被离愁浸染。他举杯为他饯行："渌水一樽，黯然言别。"

菊花新·送张见阳令江华

愁绝行人天易暮，行向鹧鸪声里住。渺渺洞庭波，木叶下，楚天何处。

折残杨柳应无数，趁离亭笛声吹度。有几个征鸿，相伴也，送君南去。

渌水亭承载着他和至交朋友的友情：你曾说我们都有一个梦，等到哪天我们一起来实现，可是现在，你却要去南方。折断杨柳，笛声呜咽，饮罢这一樽酒，走吧，让征雁陪你远行吧。

还有一首五律：

送张见阳令江华

楚国连烽火，深知作吏难。吾怜张仲蔚，临别劝加餐。避俗诗能寄，趋时术恐殚。好名无不可，聊欲砥狂澜。

容若这一生，怕也只能是帝王近侍，再无更大的发展空间。自己不能建立功业，就把希望都寄托在好友身上。他在信上对张见阳说："念古来名士多以百里起家者，愿足下勿薄一官，他日循吏传中，籍君姓名，增我光宠。"

江华县属于楚地，他在另一封给他的信上写道："沅湘以南，古称清绝，美人香草，犹有存焉者乎？长短句固骚之苗裔也，暇日当制小词奉寄。烦呼三闾弟子，为成生荐一瓣香。甚幸！"

去江华做官，定是千难万难，容若只是举杯劝张见阳多吃点，前路漫漫保重身体。其实，张见阳此行也不孤单，他带着容若的寄托和建功立业的梦。

张见阳以美人、香草为题画了《风兰图》给容若，容若回赠他《点绛唇·咏风兰》：

> 别样幽芬，更无浓艳催开处。凌波欲去，且为东风住。
>
> 忒煞萧疏，争奈秋如许。还留取，冷香半缕，第一湘江雨。

张见阳亦写下了《点绛唇·兰·和容若韵》。

康熙二十四年（1685）五月十三，容若病逝。张见阳此时正在扬州府江防同知任上，没能回京。他怀念容若，怀念他们在一起唱和的日子，自此"每画兰，必书容若词"。

张见阳曾带着自己的《墨兰图》去找曹寅题词，而曹寅有感于他怀念友人的方式，也佩服他画功了得，遂赋《墨兰歌》："折扇郭风花向左，鸾飘凤泊惊婀娜。巡枝数朵叹师承，颠倒离披无不可。潇湘第一岂凡情，别样萧疏墨有声。可怜侧帽楼中客，不在薰炉烟外听。盛年戚戚愁无谓，井华饮处人偏贵。饧桃敢信敌千羊，孤芳果亦空群卉。张公健笔妙一时，散卓屈写幽兰姿。太虚游刃不见纸，万首自跋那兰词。交渝金石真能久，岁寒何必求三友。只今摆脱松雪肥，奇雅更肖彝斋叟。"

朋友就是那种，懂他欢喜知他忧、深深地走进对方灵魂深处的人吧。大家都身在官场，却能保持那份权力世俗之外的纯粹，真的难能可贵。容若，其实真的很富有，他以一颗赤子之心，结交了那么多肝胆相照、心心相印的朋友。他和张见阳、曹寅之间两两拥有"互不以贵游相待"，而"以诗词唱酬、书画鉴赏相交契"的那种厚地高天的友谊。若他不是过早地离去，他们之间的友谊一定能持续一辈子的。

明珠倒台后，有几个容若生前的朋友，看到大树倒了怕受牵连，恶意诋毁他。而张见阳却不以时位变化待人，他不负容若，不负他们之间的情谊。

在康熙三十年（1691），容若去世已六年之后，张见阳联系到了顾贞观，二人一起整理了容若的诗词遗作，刊刻《饮水诗词集》，并为之作序："谓造物者而有意于容若也，不应夺之如此其速，谓造物者而无意于容若也，不应之畀如此其厚。"

"饮水"一词，便是缘于张见阳所说"所以为诗词者，依然容若自言，'如鱼饮水，冷暖自知'而已"。

饮水词里收录了很多《通志堂集》所未收的容若写给张见阳的词作。如词《瑞鹤仙·丙辰生日自寿起用弹指词句·并呈见阳》《菩萨蛮·过张见阳山居赋赠》《过张见阳山居赋赠》等。

无论朱彝尊、姜西溟、秦松龄、严绳孙还是张见阳，他们都曾和容若的生命有过深厚的交集，渌水亭犹在，容若送别他们，都是劝慰他们以豁达之心面对未来，即使孤身天涯也要一路走好。

朱彝尊：知君何事泪纵横

浣溪沙·残雪凝辉冷画屏

　　残雪凝辉冷画屏，落梅横笛已三更，更无人处月胧明。

　　我是人间惆怅客，知君何事泪纵横，断肠声里忆平生。

康熙十二年（1673），万春园里误佳期，错失了殿试机会的容若正卧病在床，一个人消磨着乍暖还寒的春天，百无聊赖地捧读一本名曰《江湖载酒集》的书。卷首印着这样一首小词：

　　十年磨剑、五陵结客，把平生、涕泪都飘尽。老去填词，一半是空中传恨。几曾围燕钗蝉鬓？

　　不师秦七、不师黄九，倚新声、玉田差近。落拓江湖，且分付歌筵红粉。料封侯，白头无分！

容若被这首词吸引，产生了共鸣，边读边思索，能写出这阕词的人究竟是什么样子？或者说，这部书的作者拥有怎样坎坷的人生，才能写下这浓稠的落拓江湖的沧桑？

容若自幼除了这次小挫折之外称得上是顺风顺水，不用像坊间男子，苦读圣贤书，一生都奔波在求官求职的路上。他轻而易举就平步青云，但曲高和寡，百般孤独。贵为相府公子，特殊的身份注定了他身边有很多争相攀附的人，而他偏偏不喜欢这些，能推就推，能躲就躲。

王府里时常车水马龙，厅堂里人来人往，可这些与他又有什么关系呢？喧嚣的世界里，知音少，弦断有谁听？他喜欢朋友间惺惺相惜的默契，渴望那种能跟他的心灵高度契合的朋友。

老师徐乾学曾评价他说："客来上谒，非所愿交，屏不肯觌面，尤不喜接软热人。"同学韩菼在《纳兰君神道碑铭》写道："其禽热趋和者，辄谢弗为通，或未一造门。"

容若一生交友，从不会因对方是布衣寒士而慢待，也从不因对方是达官贵人而过分热捧。他是一个个性极度率真、心灵非常澄澈的人。就在这个寒彻的春夜，他失眠了，胸中澎湃着一种渴望，一种激情。

写词的人落拓失意，更准确说是穷困潦倒，完全是和容若两个世界的人，然而在他的词里，容若看到了自己的影子。自古物以类聚，人以群分，或许，他已经感觉到那个人和他一样都是至情至性的人吧。

他如此迫切地想去结识他，他失眠了，披衣下床，在书案前写下了开篇那首《浣溪沙·残雪凝辉冷画屏》。

夜色浓，已三更，笛声袅袅入窗来，也不知道，是谁在吹奏？竟然是《梅花落》的曲子，曲子里流淌着凄冷和孤单，哀凉月音里，月朦胧，夜朦胧，人影也朦胧。

"我是人间惆怅客，知君何事泪纵横。"这一句墨色旖旎，氤氲着些许惆怅。

这孤独、这惆怅深入骨血，容若一直以为只有自己这样，原来也有和他一样的人。他真的想结识他，饱蘸着读书的余兴，一纸俊秀的书法挥毫而就，容若给他写了封信，并邀请他见一面。

他是谁呢，能让堂堂的相国公子如此青睐？

他担任过康熙皇帝南书房的日讲官，曾参与《明史》修纂；他是浙西词派的创始者和领袖，赐居景山之东黄瓦门；他能在紫禁城骑马，而且除夕夜都能和皇上一起吃团圆饭；他博通经史，与王士祯并称南北两大宗，诗与王士祯齐名，时称南朱北王，词与陈维崧、顾贞观三足鼎立，有清初"词家三绝"之誉，与陈维崧并称"朱陈"，与陈维崧、纳兰容若并称为"清初三大词人"。

他的名字叫朱彝尊，浙江秀水人，工诗文词史考据，是个才华横溢的多面手。

他曾编写了他人生第一部词集《静志居琴趣》。静志，是他妻妹的字，这本书就是他的爱情回忆录。

古来，诗人、词人出点啥绯闻，搞点啥花边故事，都在情理之中，无伤大雅。比如杜牧长期辗转于青楼，才写下"落魄江湖载酒行，楚腰纤细掌中轻。十年一觉扬州梦，赢得青楼薄幸名"的诗句。

柳三变四次落第后，也奉旨填词，除了游宦羁旅，半生岁月都徜徉在花街柳巷，为妓女写词。晏几道大部分的词作也都是写给家里的歌伎。这在古代都不是蹊跷事，词人风流尚可理解，但很少有为良家女子填词写赋的。

一朵盛开在围城之外的花，本已够扎眼，更何况还是姐夫和小姨子的一段不伦的恋情，更为出格。偷偷摸摸爱也就罢了，而他一点也不避讳别人的眼光，明目张胆地爱，毫不遮掩地为这段爱情大书特书，堂而皇之地为她填词倾诉衷情。

眼儿媚

那年私语小窗边，明月未曾圆。含羞几度，已抛人远，忽近人前。

无情最是寒江水，催送渡头船。一声归去，临得又坐，乍起翻眠。

这是他写给妻妹的词，缠绵辗转，爱意凛然。

朱彝尊祖上虽是明代大学士朱国祚，但到了他这一代，家道已经败落。在媒人的撮合下，他和本县教谕冯镇鼎的大女儿订婚，但朱家实在贫寒，无奈只好入赘到冯家。

即使现在，倒插门的男人都感觉没面子，更何况是在古代。朱彝尊一介书生，无官无职，婚后也得靠岳父的接济才能勉强糊口。

一个没有事业、没有多少经济能力的男人，在家自然也没什么地位。或者说寄人篱下的他受尽别人的冷眼，唯有小小的妻妹，不嫌弃他，欣赏他的才华，相处朝夕，两颗心慢慢燃起了火花。他心灵的小舟结束了颠沛流离，在这个避风港泊船靠岸休憩取暖。

朱彝尊爱她，却不能给她一个名分，当时若娶了她也无可厚非，这在封建社会也不足为奇。可是，他连自己的家都兼顾不暇，并没有能力效仿娥皇女英，来成全这段爱情。

他们相爱却不得不分开，因为妻妹出嫁了，婚后并不幸福。世俗伦理的篱笆遮挡不住他心中疯长的爱情，他恨不得把这份爱镌刻在心里，挂在门楣上，让全世界都知道。

他的词《两同心·认丹鞋响》：

认丹鞋响，下画楼迟。犀梳掠、倩人犹未，螺黛浅、俟我乎而？看不足、一日千回，眼转迷离。

比肩纵得相随，梦雨难期。密意写、折枝朵朵，柔魂递、续命丝丝。洛神赋、小字中央，只有侬知。

这首词很有李煜那首《菩萨蛮》"花明月黯笼轻雾"的味道。同样的故事，也是姐夫和妻妹私会偷情。

而朱彝尊和妻妹却没有李煜和小周后那么疯狂，他们以礼相守，不越雷池不越世俗之防，只是倾心相爱。他给她取字静志，把自己的居所取名静志居。爱情之花，盛开在世俗的悬崖峭壁上，令他衣带渐宽，令她几度憔悴，这份爱同样也激发了他创作的激情。

这部《静志居琴趣》，多半记录了那刻骨铭心的情事。

这首《桂殿秋·思往事》流传最广，"思往事，渡江干，青蛾低映越山看。共眠一舸听秋雨，小簟轻衾各自寒。"

那一夜，春雨弥漫在浩渺的江面上，他随岳父一家，渡江远迁。小船悠悠驶在夜色中，船上的人都睡了，她也在，人多也不方便说话。

此时无声胜有声，无论风中、雨中，还是辗转天涯旅途中，只要心与心没有距离，无语亦萧萧，一切都是心照不宣，一切都在不言中。

"清末四大家"之一况周颐在《蕙风词话》中赞这首词为清代的压轴之作。

那年，《江湖载酒集》《静志居琴趣》在京城的文学圈子慢慢流传开来。

此时，18岁的容若正参加蜚声京城的秋水轩唱和，各路文化名流云集京城时，寂寂无名的朱彝尊已流寓京城近一年了，这一年他已44岁。

孤身寓居京城，落拓江湖无人识。漂泊半生，百无一用是书生，从南到北，四处颠簸求职谋生，名帖上的自己名字的字迹都已磨淡了，依然一事无成。

像杜甫当年滞留长安一样，"朝扣富儿门，暮随肥马尘。残杯与冷炙，到处潜悲辛"。孤身一人做京漂的书生多半失意不得志，日子穷困潦倒，京城很大，却没有他容身立足的地方。落魄、失意，仿佛是贴在文人身上永远的标签，他费尽力气都揭不下来。

到康熙十三年（1674）的冬天，朱彝尊才谋到一份差事，客居潞河龚佳育幕府做了幕僚，龚佳育是位勤政爱民的好官，他也总算有了暂时的立足之地。

但朱彝尊并不知道此时容若正在拜读他的大作。

他的《百字令·自题画像》，写得那样凉薄。

菰芦深处，叹斯人枯槁，岂非穷士？剩有虚名身后策，小技文章而已。四十无闻，一丘欲卧，漂泊今如此。田园何在，白头乱发垂耳。

空自南走羊城，西穷雁塞，更东孚淄水。一刺怀中磨灭尽，回首风尘燕市。草屦捞虾，短衣射虎，足了平生事。滔滔天下，不知知己为谁。

自题画像，很简单，四十年人生的一段总结，惨淡人生境遇最真实的写照，他心底澎湃着一种激情，回首往事，往事不堪回首，瞻望未来，未来一片迷茫。

蹉跎半生，如今"白头乱发垂耳"，漂泊滞留在京城，却像无根之木，一直无法自足。堂堂男儿连自己的事业都没有，他的心里涌起无尽的悲凉，他不知道属于他的真正的舞台究竟在哪里，才发出最悲切的感叹：滔滔天下，知己为谁？

他收到了容若的信，无限感慨，他未曾想到就在离他不远的相府里，堂堂的纳兰公子正在期待着他。

门第、身份、地位都不能成为挡住容若交友的篱笆，即使当时大清高喊着满汉一家的口号，"朝野满汉种族之见"依然很深。而容若却从没有这样的偏见。

现在让他感兴趣的人上门了。他可能也没想到，朱彝尊回信了，而且亲自来到了相府，来拜访他。

一个惆怅的花样少年，一个落拓满志的中年汉子，见面了。这也算是容若青春里的一场因缘际会吧！容若满心欢喜，朱彝尊不卑不亢，破旧的衣衫遮不住他满腹的才华。他们倾心相交，一个不再感叹我是人间惆怅客，一个不再感慨滔滔天下，知己为谁。

容若结交的朋友，达官显贵也有，仕途坎坷、人生失意的亦很多，比如"云门十子"的顾贞观、严绳孙、秦松龄等，他们皆是"一时俊异，于世所称落落难合者"。这群人里，最小的顾贞观年长容若18岁，严绳孙大他32岁，秦松龄大他27岁，朱彝尊大他26岁。

容若和他们是真正的忘年交，因为文字结缘，结下一生的友谊，虽然，他英年早逝，但友谊的花朵都曾绚烂了他青春的时光。

容若病逝后，徐元文在《挽诗》中写道："子之亲师，服善不倦。子之求友，照古有烂。寒暑则移，金石不变。非俗是循，繁义是恋。"

容若爱交友，善交友。他在《采桑子·明月多情应笑我》中写道："近来怕说当时事，结遍兰襟。"这是他在结识了顾贞观等知己好友之后，许下的美好的愿望。

这里的"结遍兰襟"并不是夸张修饰之语，而是说容若痴情重情纯情，他并非只是对爱情痴，对友情也痴，爱情、友情撑起他生命的风帆。

许宗元在《中国词史》评价："纳兰为纯情词人，词以情取胜，内容比较单薄，基本上局限在个人抒情的狭小天地里，爱情友情乡情等。范围既狭窄，影响之广，感人程度之深。固然有赖于其艺术，更重要的是它具有一定内在美——感情真挚，正是这种内在美，使他的词生命之树长青。"

顾贞观：一日心期千劫在

金缕曲·赠梁汾

德也狂生耳！偶然间、淄尘京国，乌衣门第。有酒惟浇赵州土，谁会成生此意？不信道、遂成知己。青眼高歌俱未老，向尊前、拭尽英雄泪。君不见，月如水。

共君此夜须沉醉。且由他、娥眉谣诼，古今同忌。身世悠悠何足问，冷笑置之而已！寻思起、从头翻悔。一日心期千劫在，后身缘、恐结他生里。然诺重，君须记。

容若生在金满箱、银满箱、白玉为堂金作马的乌衣门第。他是武夫，却偏偏生着文人的风骨，内心澄澈如玉壶冰，不染世俗的风尘。他对爱情痴狂，对朋友真心真情，他喜欢结识那些仕途失意的江南文人。他们终其一生都在读圣贤书，却难以跻上科举的独木桥，即使步入仕途，也是宦海沉沉浮浮，为之奋斗一辈子也达不到容若现在的高度。容若与他们身份地位有着天壤之别，却偏结下了金石之交。

在一片江南美景里，渌水亭的合欢树下，一卷书，一壶淡酒，几个知心好友，默契而坐，即使不写诗填词，谈谈彼此的经历、谈谈坊间趣闻也好。

那是容若未曾接触过的世界，他愿意接近他们，了解他们，和他们交心做朋友。他把当初"结遍兰襟"的愿望，用真心和行动诠释得淋漓尽致。

除了朱彝尊、严绳孙、姜宸英等这些至交的朋友，熟悉容若的人一般都知道顾贞观，知道顾贞观的也一定会知道吴兆骞。

顾贞观，字梁汾，清朝第一飘零词客，明代东林党人顾宪成（"风声雨声读书声，声声入耳"的作者）的四世孙，江南名人，和容若并称清朝词坛双璧。

其实，在顾贞观心里，别人称他是第一词手，他都乐得接受，但面对容若，他从不感觉自己是什么第一词人，因为在他心里，容若才是首屈一指的，而在容若心里，顾贞观是他一生的知己。

早在康熙十年（1671），一直仕途不得志的顾贞观遭到同事排挤，他满腹愤懑地在北京广源寺墙壁上写下的《风流子》序里写道："自此不复如春明矣！"一气之下回了老家。

康熙十五年（1676），顾贞观进京了。这一年，不管对于容若、顾贞观还是吴兆骞来说，都是他们一生中刻骨铭心的一年，因为，冥冥之中有双大手，把容若、顾贞观、吴兆骞的命运拧在一起。

明珠仰慕顾贞观的才名，邀请他给容若授课。

于是，顾贞观进了明珠府邸，这一年，他不到40岁，容若22岁。他很爽快地接受了明珠的邀请，其中，有一个很重要的原因是吴兆骞入狱了。

严绳孙、姜宸英都是顾贞观的朋友，包括徐乾学都是他慎交社的同门，想必容若的名字，是他早就刻在心上的。

抛开天上人间的身世，他和容若都是与诗词为伍的文人，彼此有着相同的爱好。虽不曾见过面，可是顾贞观早已从严绳孙、姜宸英的口中熟知了容若的一切：他不是侠客，却侠骨柔肠；他生在一代权臣之家，却没有沾染一丝官场的污秽；他喜欢结交寒士，喜欢以诗词会友，都是同道中人，所以，顾贞观欣赏容若，甚至对这个比自己小很多的男子，生了敬仰之心，他迫切地想结识他，就算不是为了营救吴兆骞，他也愿和容若相识。

他们一见如故，相见恨晚，从此时常在一起畅谈文学，畅谈彼此对这个世界、对人生的一些看法。顾贞观若登上容若的读书楼，容若就会命仆人撤走楼梯，专心致志和他讨论，知交的朋友带着前世的缘，总有说不完的话题。

凡俗的男子因为一生低贱，跻不进官场高层而郁郁不得志，而于容若来说，金阶华殿、钟鸣鼎食的生活，一马平川的仕途，皇家侍卫的显贵身份，却让他郁郁寡欢，他喜欢身边这些与世界落落不合的布衣文人。来自朋友的情投意合和心心相印，让他感到快乐和满足。

他心灵的森林里，那株树因为友情之水的浇灌和滋润，枝叶铺散开来，朵朵都绽放着希望。

那时，他还是 22 岁的毛头小子，顾贞观已 40 岁。

在《金缕曲·赠梁汾》开篇他劈头直言：我就是一个狂妄的小子，只因为生于富贵之家才有今天的辉煌和荣耀。

然而这一切在他的心里却又是那样的微不足道，不值得宣扬。

他写词典故一直运用得娴熟自如。李贺的"有酒惟浇赵州土"信手拈来就用了。像"战国四公子"平原君那样交友，不分身份高低贵贱，只要彼此性情相和，就会倾盖如故，成为知己。

"青眼高歌俱未老"，他化用了杜甫的"青眼高歌望吾子，眼中之人吾老矣"。

其实这首词，容若就是想告诉顾贞观，所谓皇亲贵胄的身份不重要，他就是一个狂生，一直羡慕平原君赵胜的交友原则和做派，也以平原君自期，他也想交一些志同道合、心心相印的朋友，可是谁又能理解他的心思和想法？

相逢一笑，莫逆于心，他想和顾贞观把酒言欢，对月高歌，成为一生的朋友。

他和他执手对酌，说："干杯，愿意与你共醉，相知年年岁岁，知道你命运多舛，才高招忌，这是才子的命运，流言蜚语又何必介怀？冷笑置之而已。"

用容若自己的词来说，"天上人间情一诺"，一见倾心，生生世世不会改变，来生，不管有多久，都要一起走。

顾贞观也说："岁丙午，容若二十有二，乃一见即恨识余之晚，阅数日，填此曲为余题照。极感其意，而私讶他生再结殊不祥，何意为乙丑之谶也。"

他读了这首词，用原韵原调填了《金缕曲·酬容若见赠次原韵》来酬答容若。

　　且住为佳耳。任相猜、驰笺紫阁，曳裙朱第。不是世
人皆欲杀，争显怜才真意。容易得、一人知己。惭愧王孙

图报薄，只千金、当洒平生泪。曾不直，一杯水。

　　歌残击筑心愈醉。忆当年、侯生垂老，始逢无忌。亲在许身犹未得，侠烈今生矣已。但结记、来生休悔。俄倾重投胶在漆，似旧曾、相识屠沽里。名预藉，石函记。

他是怀着救吴兆骞的目的结识容若，望着他澄澈无瑕的眸，心头涌上微微的负罪感，他真的为自己如此世俗感到内疚和可耻。

此时，面对他的真心真情，他也表达了自己的相知之情，"但结记，来生休悔"。一生一世真的太短，来生还结金兰契。

在寻常人的眼里，容若和顾贞观的交往是完全不对等的。

初识，容若已经是从六品官衔的皇家侍卫，而顾贞观是一个弃官的布衣，以家教身份入府，辅导容若的弟弟纳兰揆叙的功课。

为救吴兆骞，他已在北京奔波十几年，托关系，找门路，看尽世态炎凉，但仍然坚持不懈。此生，能成为容若的知交，他还有何求？

这首词是回答容若的《金缕曲》，也是自己最真心的表白。

而容若，真的沉浸在这份难得的忘年情谊里，你来我往都不够，一首词不能完全表达对顾贞观的倾慕，他又写下酬答词《金缕曲·再赠梁汾，用秋水轩旧韵》：

　　酒浣青衫卷，尽从前、风流京兆，闲情未遣。江左知名今廿载，枯树泪痕休浣。摇落尽、玉蛾金茧。多少殷勤红叶句，御沟深、不似天河浅。空省识，画图展。

高才自古难通显。枉教他、堵墙落笔，凌云书扁。入洛游梁重到处，骇看村庄吠犬。独憔悴、斯人不免。衮衮门前题凤客，竟居然、润色朝家典。凭触忌，舌难翦。

棋逢对手，高手的对决才有趣味。容若和顾贞观都是词中翘楚，这一次他用秋水轩唱和的旧韵，一个"再赠"就表明了他们之间融洽的关系。

一杯浊酒尽余欢，泪湿青衫，20余年从秋水轩唱和时起，江湖就有关于顾贞观的传说，现在依然沧桑，纵使才高八斗，依然迈不进大清的官场，只能像庾信那样感慨流泪。

杜甫的诗"庾信文章老更成，凌云健笔意纵横"。庾信是南北朝时文坛宗师级人物，这里容若拿他比顾贞观。

容若自小生在官宦之家，对官场上的尔虞我诈、互相倾轧早已看透。他也是热血男儿，正值青春，也想报效国家，所以他能理解顾贞观的理想与抱负。

顾贞观一介书生，并不圆滑世故，不谙官场之道，不阿不媚，屡屡碰壁，仕途不顺。容若推心置腹告诉他，"衮衮门前题凤客，竟居然、润色朝家典"。意思是说顾贞观即使去做官，朝廷也不会真正给他这样的人施展抱负的机会，不过让他去给朝廷装点门面罢了。

当时在清初词坛，词人都喜欢用《金缕曲》这个词牌填词，像陈维崧写的《金缕曲》有几百首之多。但容若这一首却更为别致。

其实，这一次顾贞观真的不是为了自己的仕途而来，他只为吴兆骞。

《金缕曲》：绝塞生还吴季子

吴兆骞，号季子，字汉槎，吴江才子，"江左三凤凰"之一，生于江苏吴江县著名书香门第，"少颖悟，有俊才"，十岁写《京都赋》，声震文坛，名满江南。吴家兄弟四人皆有才名，吴兆骞是最突出的一个，写得一手锦绣文章，最为出众。只是他少时简傲，不拘礼法，这或许就是性格的致命之处吧。

当时，江南一直流行文人结社的风气，在清朝的吴江地区颇为盛行，而这并不是参与政治活动，而是一批江南士子为了参加科考成立的文学社团。

崇祯十七年（1644），14 岁的吴兆骞因为文学结社和年长他 22 岁的吴梅村结为忘年交。

后来，吴郡成立了"慎交""同声"两个社团组织。二社各立门户水火不容。慎交社从北方移至江南，吴兆骞兄弟成为慎交社的骨干力量。他在这里，谈古论今，赋诗诵词，唱曲吟和，雅俗自得，文学造诣步入辉煌。

这时，顾贞观入了慎交社，于是二人结为知己。在慎交社和同声社举行的盛大的虎丘大会上，吴兆骞和吴梅村即席唱和，四座惊动。

吴兆骞出尽了风头而名噪天下，一跃成为当时文坛的风云人物，一时间江南俊彦都以结识他为荣。才子轻狂傲骄本是文人的个性，但是"简傲自寄，不拘细行""不谐于俗，以故乡里疾之者众"的性情更容易树大招风，上天给了他多少荣宠，现在便无情地全部收回，甚至一伸手就打碎了他整个人生。

顺治十四年（1657），大清先后发生了三次科场舞弊案，分别为丁酉顺天乡试案、丁酉江南乡试案、丁酉河南乡试案。这是从杨坚时期有科考以来，中国历史上最血腥的科场作弊处罚事件。

先是著名的顺天乡试案发，顺治帝大怒，将七个公开受贿的主考官全部斩首，抄没家产，父母家人全部流放今辽宁开原市。同时，受牵连的108人全部流放宁古塔，24个举人被判处绞刑。顺天案发不久，江南乡试舞弊案爆发，正副主考及江南18名同考官全部被处以死刑。负责审理查办此案的刑部尚书、侍郎也因玩忽职守，失察受处分。

其实科考案的背景错综复杂，大清才建国，要在江南立威，科考案也不过清初打击汉族士绅的手段而已。再者，成千上万的士子，都想倾尽全力跻上这步入官途的独木桥，而真正顺利通过的却是凤毛麟角。

求官心切在作祟，便生出考生行贿考官的事，而负责监考的官吏也乐得利用职权营私舞弊，中饱私囊。科考案发，便被以科考罪论处。考生之间也因彼此利益纷争，互相挤对，因此也有人被诬陷，惨遭牵连。

再者，江南文人怀明抨清，鼓动不满，顺治早有惩治他们的想法，现在机会来了。

27 岁的吴兆骞就是被牵进此案的一员，被仇家陷害，含冤入狱，从煌煌新列的江南举子成为阶下囚。

顺治十五年（1658），北京瀛台举行复试，年轻的顺治皇帝亲自监考。吴兆骞也被押解进京城参加复试。当时，每个考生身边有两个带刀侍卫，应试者惊魂不定，颤抖不能执笔，吴兆骞掷笔不从，负起交了白卷，和另外 30 名举人被黜落，押入北京刑部大牢。

吴兆骞在礼部被逮捕赴刑部时，写下《戊戌东三月九日自礼部赴刑部口占二律》：

> 仓黄荷索出春官，扑目风沙掩泪看。自许文章堪报主，那知罗网已摧肝。冤如精卫悲难尽，哀比啼鹃血未干。若到叩心天变色，应教六月见霜寒。
> 庭树萧萧暮景昏，那堪缧绁赴圜门。衔冤已分关三木，无罪何人叫九阍。肠断难收广武哭，心酸空诉鹄亭魂。应知圣泽如天大，白日还能照覆盘。

此时，他满腹怨怼，口占七律，是想通过这种方式为自己喊冤。虽然，朝廷薄待如他，可他依然对朝廷抱有希望，"应知圣泽如天大，白日还能照覆盘"，希望能有一天真的"圣泽如天大"，天日昭昭，能为他洗刷冤情。

在刑部受审时，时任刑部郎中的安珠护发现他很有才华，便命题限韵，要他作诗。

他口出七律《四月四日就讯于刑部江南司命题限韵立成》：

自叹无辜系鹓鸠，丹心欲诉泪先流。

才名夙昔高江左，谣诼于今泣楚囚。

阙下鸣鸡应痛哭，市中成虎自堪愁。

圣朝雨露知无限，愿使冤人遂首丘。

安珠护佩服欣赏他的才华，也曾把这首诗送上去给顺治皇帝御览。但大局已定，案子无法挽回，皇帝亲自定案，判决结果是：吴兆骞家产全部没入官，被打四十大板，父母、兄弟、妻儿一起流放宁古塔。

能写得一手"惊才绝艳"文章的才子蒙冤被判刑流放，大清文坛波澜滚滚。

第二年，吴兆骞离京远赴宁古塔时，"送其出关之作遍天下"，京城的文人和江南的才子们，纷纷写诗表示同情，赠诗话别，寄语告慰，烈烈悲情，感天动地。

其中，流传最为广泛、最著名的有吴梅村的《悲歌赠吴季子》："人生千里与万里，黯然销魂别而已。君独何为至于此！山非山兮水非水，生非生兮死非死……"

顾贞观的二首《金缕曲·寄吴汉槎宁古塔，以词代书。丙辰中，寓京师千佛寺，冰雪中作》也很感人。

季子平安否？便归来、平生万事，那堪回首？行路悠悠谁慰藉，母老家贫子幼。记不起、从前杯酒。魑魅搏人应见惯，总输他，覆雨翻云手。冰与炭，周旋久。

泪痕莫滴牛衣透。数天涯、依然骨肉，几家能彀？比似红颜多命薄，更不如今还有。只绝塞、苦寒难受。

廿载包胥承一诺，盼乌头马角终相救。置此札，兄怀袖。

我亦飘零久，十年来、深恩负尽，死生师友。宿昔齐名非忝窃，只看杜陵穷瘦，曾不减、夜郎僝僽。薄命长辞知己别，问人生、到此凄凉否？千万恨，为君剖。

兄生辛未我丁丑，共些时、冰霜摧折，早衰蒲柳。词赋从今须少作，留取心魂相守。但愿得、河清人寿。归日急翻行戍稿，把空名料理传身后。言不尽，观顿首。

在康熙元年（1662），吴兆骞远赴宁古塔之后，顾贞观曾给他写过一封信，并诗十章。第二年春，吴兆骞回复过他一封。在康熙二年（1663）和康熙十二年（1673），吴兆骞都给他写过信，几经辗转才到了他手中，他方才知道吴兆骞在宁古塔的处境。

清代的黑水白山，是苦寒之地，吴兆骞在《上父母书》信中说，"宁古寒苦天下所无，自春初到四月中旬，大风如雷鸣电激咫尺皆迷，五月至七月阴雨接连，八月中旬即下大雪，九月初河水尽冻。雪才到地即成坚冰，一望千里皆茫茫白雪。"这是对宁古塔环境的最近、最真的描述。

顾贞观下决心一定解救他，"廿载包胥承一诺，盼乌头马角终相救"，这是他为他许下的诺言。如今，他已奔波多年倾尽全力却一直无果，现在他愿意为他去求容若。

康熙十五年（1676）冬，顾贞观寓居北京千佛寺怀念已在北国长达20年的吴兆骞。

昔日挥手握别时，只当是永诀，一切犹在昨天，他一直没有停止过对他的营救，四处奔波呼号备尝艰辛，思念魂牵梦萦无眠，他挥笔写下千古绝唱《金缕曲》。

这时，他和容若已经是至交，心意相通，肝胆相照，他把词抄给容若看。这两首词以书信格式写成，别致清雅，"纯以性情结撰而成，悲之深，慰之至，丁宁告戒，无一字不从肺腑流出，可以泣鬼神矣！"

一直以来，容若就能读到顾贞观眉宇之间的沧桑和寂寞，即使他们推心置腹地聊天，他都能感觉得到，读完这两首词后，他潸然泪下道："河梁生别之诗，山阳死友之传，得此而三。此事三千六百日中，弟当以身任之，不俟兄再嘱也。"

容若许顾贞观给他10年时间，他一定把救吴兆骞的事儿当自己的事来办，不用他嘱咐。可是顾贞观还是不放心，不踏实，他真的是得寸进尺了，因为经不起等待的不是他，也不是他信不过容若，而是他真的不知道，北国的吴兆骞还能撑多久？10年，他还能等到吗？

顾贞观低眉和容若说："人寿几何？请以五载为期。"

话剧《知己》里顾贞观为了吴兆骞真的给容若跪下了，请求他救救他。

他们是互为知音的，自古男儿膝下有黄金，容若哪能受得了他的屈膝一跪，不为世俗，不为流言，只为这份生死之交的情谊。容若愿意为朋友的朋友两肋插刀，他愿意去试一次，不管成功与否。

他必须让顾贞观安心，他的话掷地有声："绝塞生还吴季子，算眼前，此外皆闲事，知我者，梁汾耳。"

这就是他的回答，而且他立下誓言，5 年为期，一定不负顾贞观。

他写下了《金缕曲·简梁汾，时方为吴汉槎作归计》

　　洒尽无端泪，莫因他，琼楼寂寞，误来人事。信道痴儿多厚福，谁遣偏生明慧？就更着，浮名相累。仕宦何妨如断梗，只那将，声影供群吠。天欲问，且休矣。

　　情深我自拼憔悴，转丁宁，香怜燕易，玉怜轻碎。羡煞软红尘里客，一味醉生梦死。歌与哭，任猜何意。绝塞生还吴季子，算眼前此外皆闲事。知我者，梁汾耳！

容若没有食言，他向父亲求情，请父亲去疏通关系。

毕竟，吴兆骞的案子是顺治帝定的，现在康熙也没有翻案的意思。但是明珠四处活动，又献《长白山赋》，康熙很是赏识，"以输少府佐将作，遂得循例放归"特赦允许纳资赎归。

官场，是名利场也是人情场，容若、徐乾学、徐元文兄弟等大清新贵出面，人人都知道明珠是后台都乐得讨好，纷纷解囊，为这事，他们至少得花掉两千两银子。

不久，顾贞观母亲去世，他回了无锡老家，容若，也为他痛而痛，对他万分牵挂，因为惦念着他而日渐憔悴。

"生我者父母，知我者梁汾"，说此话时容若很骄傲，他一心一意待知己，满腔真情为朋友。他将官场骂了个痛快后，也软语安慰顾贞观，既然我们都不能改变大环境，我也不能为你改变什么，那么，就请你看开一些，不要为难自己，无论世事多艰，你的身边不是还有我吗？

康熙二十年（1681），51 岁的吴兆骞及其家人终于回到了北京。

23 年后再回京城的吴兆骞首先去拜见了容若，感谢他的救命之恩，进门便看见容若的书斋上有一行大字"顾梁汾为吴汉槎屈膝处"，此时他才知道顾贞观为了救他，曾跪求容若，心酸、心痛加无限感激，他恸哭失声。

容若联手顾贞观救友的故事名震京城，吴兆骞活着回来了，容若对顾贞观，顾贞观对吴兆骞，两两之间，彼此间都有个交代，此事方为圆满。

容若更是满心欢喜，写下小诗《喜吴汉槎归自关外，次座主徐先生韵》记之，诗云：

> 才人今喜入榆关，回首秋笳冰雪间。
> 玄菟漫闻多白雁，黄尘空自老朱颜。
> 星沉渤海无人见，枫落吴江有梦还。
> 不信归来真半百，虎头每语泪潺湲。

容若并不曾见过吴兆骞，此时，他却像孩子一样欢喜雀跃，他用行动践约，证明了他对朋友的忠诚，他对得起"知己"这两个字，他为顾贞观欢喜，因为唯有他能懂得他的悲喜交加，他更为吴兆骞欢喜。

昔日离京时吴兆骞正值青春，现在已到知天命之年，颠沛流离于北国半生，好在一切都还不算晚，他们还有余生一起走。

岁月和磨难改变了吴兆骞，他不再是在京城时的那个年少轻狂的文人，正如容若所写，归来真半百憔悴又落魄。

在顾贞观、容若等友人的资助下，吴兆骞特意筑屋三间，名曰：归来草堂。

恰逢元夕当时，严绳孙、姜宸英、曹寅、陈维崧、朱彝尊等朋友都在，顾贞观、吴兆骞也在，大家汇聚一堂，饮酒赋诗，对着蔡文姬的画像，命题吟咏。

容若写下这首《水龙吟·题文姬图》：

> 须知名士倾城，一般易到伤心处。柯亭响绝，四弦才断，恶风吹去。万里他乡，非生非死，此身良苦。对黄沙白草，呜呜卷叶，平生恨、从头谱。
>
> 应是瑶台伴侣，只多了、毡裘夫妇。严寒糁篾，几行乡泪，应声如雨。尺幅重披，玉颜千载，依然无主。怪人间厚福，天公尽付，痴儿骏女。

蔡文姬，东汉著名文人蔡邕的女儿，博学能文，能诗擅赋，精通音律，丈夫卫仲道也是才子。婚后不到一年，卫仲道便咯血而死，她守寡在娘家。

匈奴掠掳中原时，她被掳到匈奴，嫁给了左贤王，为其生下二子。在匈奴十二年，思乡作《胡笳十八拍》，也给我们留下了著名的《悲愤诗》。

曹操统一北方后，派遣使者携带黄金千两、白璧一双，将她赎回，后改嫁董祀，给我们留下"文姬归汉"的历史佳话。

当年蔡邕避祸江南，用柯亭的竹子做笛子，而今"柯亭响绝"，蔡邕已逝去，人们再也不会听到优美的笛声了。

"四弦才断"，暗指文姬经历丧夫之痛，"四弦"出自《后汉书·列女传》，相传文姬 6 岁的时候，夜晚听父亲弹琴，弦断时，她马上判断出是第二根琴弦断了。

蔡邕不以为意，认为女儿是碰巧罢了，他故意弄断第四根，这次文姬又猜对了。因此后人称文姬为"四弦才"。当年她远赴漠北，"万里他乡，非生非死，此身良苦。"

这一句也是当年，吴梅村送别吴兆骞远赴宁古塔时的诗句。

离家万里，名士倾城，才子佳人，蔡文姬离开中原远嫁匈奴，万里他乡，思恋中原家乡，移动下历史的坐标，变换下历史的时空，吴兆骞和她的命运是那样雷同。

容若巧借文姬被掳匈奴的事比拟吴兆骞在宁古塔的流离生活。

容若用典，娴熟得恰到好处，手法之高超，无与伦比，隐约含婉，虽是命题而作，却衔接得如此不留痕迹。

苦海归来，吴兆骞暂时留在容若府里做了弟弟的家庭教师，秋天，他要离京南归。

所有的相聚都是为了别离，容若写了首《西风瘦·霜天晓角》送他。

"重来对酒，折尽风前柳"不仅只是对酒而是感慨人生的风浪过后，生活的海面恢复平静，还没等安顿下来，又要别离。

他万般不舍，朋友们一个一个都离开了，人生在世，不公平的事太多太多。但生而为人，活在这个污浊的世界里，不论经历多少艰难困苦，还要一心向前。

走吧，好好活下去，不为西风瘦，不为落花愁，他希望吴兆骞能劫后余生，平安度过后半生。

没想到，这一壶酒尽，便是诀别了。

吴兆骞在"塞外绝域"宁古塔生活了22年，已经不再习惯南方湿热的生活环境和水土气候，南归后大病数月，病重之时，他依然想用在宁古塔所居的寒舍外采来的蘑菇熬汤喝。康熙二十三年（1684）十一月二十四日，吴兆骞逝世，终年54岁。

吴兆骞病逝时，容若正扈从康熙出巡江南，他发出了"嗟嗟苍天，何厚其才，而啬其遇"的悲叹，回京后，他为吴兆骞料理了后事，并出资送他的灵柩回吴江。

苍天并不曾多恩赐给吴兆骞这样的倾城名士过多的福祉，让他历经坎坷之后，平安活着，相反，却总是把福祉赐给那些平庸的人。

所以，容若才会质问老天"怪人间厚福，天公尽传，痴儿骏女"。缘起缘灭，如梦幻泡影，相识虽然短暂，但都是知交的朋友，到底还是没能见上最后一面，真真应了那句"人生别易会常难"。

那一年深秋，枫落吴江冷。这一别，就算是一生别过了。

至这一年，顾贞观丧母南归已整3年了，朋友如树叶般凋零或分隔两地，容若无时无刻不在思念着他。他在《大酺·寄梁汾》里写道："手捻残枝，沉吟往事，浑似前生无据。鳞鸿凭谁寄，想天涯只影，凄风苦雨。"

人生聚散本无据，顾贞观不在京的岁月，他都在牵挂着思念着，一往情深赋诗词相赠。

顾贞观又收到了容若的词：

满江红·茅屋新成，却赋

问我何心？却构此、三楹茅屋。可学得、海鸥无事，闲飞闲宿。百感都随流水去，一身还被浮名束。误东风、迟日杏花天，红牙曲。

尘土梦，蕉中鹿。翻覆手，看棋局。且耽闲殢酒，消他薄福。雪后谁遮檐角翠，雨余好种墙阴绿。有些些、欲说向寒宵，西窗烛。

你是了解我的不是吗？荣华富贵的生活并不适合我。我想像海鸥一样自由自在地飞翔，有自己一片绚烂的天空。而我又挣脱不了这浮名浮利和束缚，杏花微雨，东风轻拂，皆误。

这熙熙攘攘的世界里，世事如棋局，变幻无常，我们都是这红尘中的匆匆过客，百年之后，也会零落成泥碾作尘，回归到大自然中去。

这一生，仓促又短暂，那么忙忙碌碌，到底在争什么？我们究竟想要什么？舍不得的又是什么？世事一场大梦，人生几度新凉，离散与死亡，都是我们必定要经历的。偷得浮生，与酒为伴，把握当下一点点福分吧！

他年岁尚轻，阅历尚浅，却有一双慧眼和一颗剔透玲珑心，早把这个世界看透，不知是喜还是忧。他是一个有感情的滋润才会绽放出更大魅力的才子词人，无论爱情还是友情。

他希望能卸载名利场的负荷，过一种闲云野鹤的生活。

为了迎接顾贞观回京，他别出心裁地给他修建了几间茅屋，还写了一首小诗《寄梁汾并葺茅屋以招之》：

三年此离别，作客滞何方？随意一尊酒，殷勤看夕阳。世谁容皎洁，天特任疏狂。聚首美麋鹿，为君构草堂。

"一日心期千劫在，恐结他生里。然诺重，君须记。"这是昨日他们的承诺，他一直铭记在心，所以，他和顾贞观的知己情谊一直在延续着……

后来，容若病逝后，顾贞观又回到无锡。

有一个晚上，他做了一个梦，梦到容若对他说："文章知己，念不去怀。泡影石光，愿寻息壤。"很离奇的是，当天夜里，妻子生了个儿子，竟然长得跟容若一模一样。

他便知这是容若再世，心生欢喜，哪料到一个月后，他再梦到容若跟自己作别，醒来后得知儿子已经早夭。

这只是一个传说。

由此可见，人世间有很多相逢，都会在转身时跌落在时间的缝隙里，伴随着雨打风吹去，包括情感和生命，难寻、难觅……然而，他们之间那段生死不渝的情谊并没有随着容若的离世而消逝，而是和日月同在。

第五章

白首不相离：倾我一生一世念

卢氏：十八年来堕世间

浣溪沙·却无言

十八年来堕世间，吹花嚼蕊弄冰弦，多情情寄阿谁边。

紫玉钗斜灯影背，红绵粉冷枕函偏。相看好处却无言。

青春的天空微微蓝，风是暖的，云是甜的，容若的心情也曾是微酸的。

如今，初恋已经渐行渐远，表妹成为了他心底封存的记忆，宫墙隔开了他和她的世界，他唯有遥遥祝福。

这些年，他已在爱恨别离中，颠沛流离，沧桑了年轻的心。

现在，这个俊雅多情的男子，迎来了他一生最重要的人——两广总督卢兴祖之女，有人说她的名字叫卢雨婵，也有人说叫卢蕊，和容若的表妹一样，名字不一。许配给容若后，赐淑人，后诰赠一品夫人。她就是令容若"悼亡之吟不少，知己之恨尤深"的原配妻子，一生中第二个红颜知己卢氏。

彼时，他20岁，她18岁。据记载，她"生而婉姿，性本端庄，贞气天情，恭客有礼典。明珰佩月，即淑女之章，晓镜临春"，她"幼承母训，娴彼七襄，长读父书，佐其四德"。

大体意思卢氏是一位出身名门、接受过良好的教育、知书达理、才貌过人、婉约智慧的女孩。

席慕蓉说："不求你爱我，只求在我最美的年华里遇到你。"

而容若和卢氏，也是在两个人一生中最美的时光遇见美好的彼此。

那年，明珠从左都御史升为兵部尚书，仕途又攀上一个新的台阶。他不会拿容若的婚姻直接作为自己进阶的筹码，但至少要为自己物色一门门当户对的亲家，稳定他这个京官的政治根基，且这个人至少和他站在一个阵营。

此时，明珠的权势还没有全面铺开，更没到权倾朝野的那一步。而卢兴祖，汉军镶白旗人，封疆大吏，广东地区最高统治者，恰好是最佳的人选。有婚姻纽带做结，权力的关系网会结得更为牢固。

封建皇权时代，皇亲贵胄之间的婚姻，从来都不是两个人的事，而是与政治挂钩。因为这关系到明珠的政治前程和整个家族的命运。京官和地方官联姻，两两相得，互惠互利，彼此利益共存融为一体。

后期的明珠权倾一方，贪污受贿搞朋党之争，作为他对面亲家的卢兴祖，也被牵连革职。

容若和卢氏虽不是青梅竹马，却一见倾心。若说表妹是

"世外仙姝寂寞林"，那么卢氏就是"山中高士晶莹雪"，换句话说，卢氏兼有林妹妹和宝姐姐共有的美貌和才华。

两个贵族的男女要进围城，不用为金钱、仕途、工作、房子、车子操心，只要牵过父辈人手中的红绳，步入婚姻的殿堂即可。

那一夜，一对璧人儿，羞涩地牵手洞房花烛。结发为夫妻，恩爱两不疑。

爱情催开了幸福的花朵，明府里处处是温暖的春光。

当初，表妹入宫，初恋崩断，心碎神伤的容若创作出大量伤感凄凉的爱情词。现在，幸福的婚姻，令他澎湃着创作的激情，重新复活的他，按捺不住汩汩的灵感，他要为他的爱情写词。

这一首词，洋溢着浓浓的爱意，满满的幸福。起笔，他娴熟用典，直引李商隐《曼倩辞》里的句子："十八年来堕世间，瑶池归梦碧桃闲。""十八年"出自《仙吏传·东方朔传》。"吹花嚼蕊"引自李商隐的《柳枝诗序言》。

冰雪少女下凡尘，年方18岁的卢氏通体炫着青春的暖色调。上天不仅给了她好看的容颜，亦给了她高妙的才情。

她的装扮时尚又得体，仪态万方，玉钗松斜，倚枕侧卧在床榻上，软语温存轻唤他至床边，"相看好处却无言"。

爱无言，不语亦萧萧，有时只需一个动作，一个眼神，就够了。款款柔情，浓烈的爱，如相府的溪水在新婚的小夫妻间缓缓流淌，滋润着容若曾经枯竭的心灵。

他像一个纯真的孩子，他是那样知足，带着淡淡的炫耀，写下了这一首词。

清代若有朋友圈，他一定会发上这句"多情情寄阿谁边？"配上他和卢氏的自拍照，晒给他的朋友们瞧瞧，秀一下恩爱，和全世界分享他的幸福，让他们为他点赞。

卢氏贤淑又通诗词，精神层面能与他相通，她能走进他的心里，也能洞悉他的心事。原来，两情相悦是如此的美好。

浣溪沙·写洛神

旋拂轻容写洛神，须知浅笑是深颦。十分天与可怜春。

掩抑薄寒施软障，抱持纤影藉芳茵。未能无意下香尘。

这一首词大约就写在卢氏在世的时候。

"旋拂轻容写洛神"，贵族之家的小夫妻怎样都是风雅和小资，两个人厮守的日子总是那么甜蜜，说是画洛神其实就是在赞美卢氏。洛神有多美，卢氏就多美，甚至胜过洛神，在他心里简直就是"一笑倾人城，二笑倾人国"。

新婚宴尔，小夫妻的生活蜜里调油，甘甜再拌着蜜糖，恨不能时时刻刻、分分秒秒都腻歪在一起。相爱的人最怕什么？最怕分离。

容若是侍卫，时常入宫值班，或随康熙南巡北狩，现实的残酷和无奈有时会把爱情里的浪漫切割。

这样小夫妻会时常分居两地，在古代不能打电话不能发微信，只能写书信或以词寄怀。

天仙子

好在软绡红泪积，漏痕斜罥菱丝碧。古钗封寄玉关
秋，天咫尺，人南北。不信鸳鸯头不白。

这阕词就是容若写给卢氏的，他又赴边关，切切思念遥
寄，他把绵绵情话写在软帕上，帕子上也浸染着男儿的相
思泪。

这阕小令情深意切，感人肺腑，从玉门关到北京，关山
万里，天涯相隔。不论相隔多远，相爱的人心都是相通的，
无论他在海角还是天涯，他相信，他们一定像鸳鸯那样，白
头偕老。

王国维说："真所谓以血书者也。"容若饱蘸着深情，他
用心在写词，用生命在写词。词的结尾直接反用李商隐《代
赠》中的句子"鸳鸯可羡头俱白"，欧阳修的"已见双鱼能比
目，应笑鸳鸯会白头"。

清朝词人周之琦在《箧中词》评道："或言，纳兰容若，
南唐李重光后身也。予谓重光天籁也，恐非人力所及，容若
长调多不协律，小令则格高韵远，极缠绵婉约之致，能使残
唐坠绪，绝而复续，第其品格，殆叔原、方回之亚乎。"

我认为，容若是担得起这个评价的。

有一种真淳叫晏小山，他的小词，淡而有味，浅而有致，
被称为"宋词小令第一"。而容若的词，哀感凄冷，颇得李煜
词的遗风，能与晏几道的词相媲美，被称"清代的晏小山"。

蔡嵩云《柯亭词论》评说："纳兰小令，丰神迥绝，学后
主未能至，清丽芊绵似易安而已。"

容若和仓央嘉措一样，都是世间最美的情郎，他如昙花般短暂的华年里，用生命诠释着爱情，与恋人爱得委婉含蓄，与爱人爱得如火如荼。

"愿得一心人，白首不相离。"但爱情之于生活，到底也会屈服于生活。思念一个人时的煎熬和等待，只有深深爱过的人才会懂得。爱太真，情太深，连鸳鸯也会白头。

琴瑟和鸣：微云一抹遥峰

容若时常出远门，伴驾羁旅天涯。毕竟皇帝近侍的差事也不是那么容易，为人臣子，他有太多的身不由己，并没有说不的权利，只有服从。

如果，他不做侍卫，仅是一个书生，他愿意无官无职，用一生来换取岁月长留。若命运可以重新选择，他宁愿放弃这份别人眼里的所谓风光和荣耀，牵手爱妻，长相厮守，共度平淡流年。

天涯辗转，没有她陪伴在身边的日子，青霞与明月，都是别人的浮光掠影。

一个人，迎彩霞，送黄昏，共明月，遥看长亭连短亭，山水亦无凭，可是远山也遮不住他对她切切的思念。

他想他的时候，她何尝又不是为远行天涯的他牵肠挂肚呢？

相见欢

微云一抹遥峰，冷溶溶，恰与个人清晓画眉同。

红蜡泪，青绫被，水沉浓，却与黄茅野店听西风。

他"微云一抹遥峰，冷溶溶"，她"红蜡泪，青绫被，水沉浓"。就像《红楼梦》里写的那样，林妹妹和宝玉，一个在潇湘馆迎风洒泪，一个在怡红院对月长吁，人居两地，情发一心。他塞外望远山，思念她；她在家中，燃红烛，着锦被，想他。最后，魂系千里，和他一起听西风呼啸。

这就是思念的正确打开方式。

在《饮水词》序言中，顾贞观写道："非文人不能多情，非才子不能善怨。骚雅之作，怨而能善，惟其情之所独多也。"

况且容若也自称："予本多情人，存心聊自持。"

多少次，他远离京城，远离爱妻，远在边塞，多少次剔尽灯花，把思念漫洒。

是，他把她记在心里，把对她的相思写在词里。他的词，终是离不了一个"情"字，一生一世都无法超脱。

"却与黄茅野店听西风"是这一首词的情义所归，这一生，总是"别是情"。

生查子·不曾闲

散帙坐凝尘，吹气幽兰并。茶名龙凤团，香字鸳鸯饼。

玉局类弹棋，颠倒双栖影。花月不曾闲，莫放相思醒。

这首词是他写得最为贵气、最为华丽的一首，有人说这词香艳彻骨，承艳词一科。婚后的生活，活色生香，小夫妻恩恩爱爱自然无须赘述。她为他拨烛火点灯，红袖添香夜读书，是微醺岁月里最为平实的幸福，也添了许多妙趣。他边翻阅书页，抬眸迎上她的视线，四目相接荡漾着无尽的温柔。

读罢诗书，他挽她的手至廊下，借一袭如银月色，拉开小几对弈几局，却也别有一番情趣，你来我往中，不语亦默契。

距离，把相爱的男女分隔在两地。稠密的小别离如枝叶一样繁茂，但那真的是一个纯粹的年代，男女之间，哪怕是夫妻之间表达爱意都是十分委婉含蓄的。

纵然容若又临边城，又相思如潮，别绪如丝，缠缠绕绕，孤枕难眠。

鹧鸪天

别绪如丝睡不成，那堪孤枕梦边城。因听紫塞三更雨，却忆红楼半夜灯。

书郑重，恨分明，天将愁味酿多情。起来呵手对题处，偏到鸳鸯两字冰。

宛如，杜甫的《梦李白》："故人入我梦，明我长相忆。"

像元微之写给白乐天的诗："我今因病魂颠倒，惟梦闲人不梦君！"

白乐天回寄来的小诗也说："不知忆我因何事，昨夜三更梦见君。"

这些句子都是明明自己相思入骨，却偏偏不承认自己在想对方，而是反问对方你因何事想我，梦见我？

归程被千山万水阻隔，一日不见，如隔三秋，容若却有些顽皮，也效仿杜甫、乐天他们从对面着墨，构思巧妙，感情深切动人。他把所有的深情和相思都写进信里，一生一世一辈子，他愿和她做一对同命鸳鸯，交颈而眠。

　　当落笔写下"鸳鸯"二字心中更加悲戚。

　　他有英雄志，却心意温柔，放不下儿女情，他的温柔、相思情孤悬在边城的夜空，慢慢弥散着。

　　特殊的羁旅生涯让他创作出大量相思怨怼之作。又如《鹧鸪天》里写道："明朝匹马相思处，知隔千山与万山。"

　　贵族之家的夫妻亦有寻常夫妻的小别离。离家愈远，相思愈浓，他总是用细腻清丽的笔锋、哀伤的笔调，把词中的一系列的意象如露、寒鸦、灵动地穿在一起，渲染着他凉薄的心境。

　　有时，生命之于容若的意义，并非功名利禄，荣华富贵，而是和心爱的人长相厮守。虽然他不亏臣节，但到底还是厌倦了这种羁旅的生活，最关键的是和妻子饱受两地相思的熬煎，有时在他心里真的得不偿失。

　　离别成了生活的小常态，如他在另一首《满江红》里写的："消不尽，悲歌意。匀不尽，相思泪。"无梦的夜里，只有书信以慰相思。

　　他"未染汉人风气"，"利欲熏心"这个词与他不沾边，于爱情更为纯粹，他爱得热烈、执着、专一。

　　容若在世的时期，是纳兰家族最为鼎盛的时期，这一年，明珠从兵部尚书升为吏部尚书，掌管着全国官员的升迁和任免，权势越发膨胀，他经营多年的关系网终于全面铺开，同时，他也成为康熙眼里炙手可热的宠臣。

此时，三藩已平，大清政权基本稳固，而明珠与索额图两派的党争，也伴随着明珠的升职再次攀上一个高峰。

而容若，比平常人、比那些政客过早地看透世事的慧根，他早已参透这场政治角逐背后的较量和结局。

终有一天，"满目繁华无所依"，终有一天，"绮罗散尽人独立"。可能他也曾劝说父亲适可而止，然而于明珠而言，他早已身不由己，根本收不了手了。

容若和卢氏之间的爱情，像梨花一样洁白，也在明府的岁月静好里，升腾到美的极致。

然而，"一生风月供惆怅，到处烟花恨别离"。在这个世界上，但凡美好的东西往往不牢坚，特别是爱情。幸福时光，有时并不因为两个人鹣鲽情深，就会恩赐你长长久久的岁月时光。相反，上天会夺走生活中美好的东西，令人痛断肝肠。

"但愿人长久，千里共婵娟"不过是怕这一份情一份爱不能长久有一种愿望吧。

其实，细想下，容若是一个一生都在不断失去的人。

《红楼梦》里写道："三春去后诸芳尽，各自须寻各自门，一场盛筵散了，死的死嫁的嫁。"

大观园没败落时，林妹妹情泪流干，情缘已尽，她焚稿烧帕断痴情，在宝玉和宝钗大婚的夜里，滴尽最后一滴情泪，香魂一缕随风散。

到底是天嫉红颜，老天只交付给容若和卢氏短短三年的幸福的光阴。

卢氏病逝：别后心期和梦杳

卢氏，这位"南国素婵娟"，因产后受寒，于康熙十六年（1677）五月三十，香消玉殒，抛下容若和才出生不到一个月的儿子海亮去了，这一年，她才20岁，他23岁。

而这一年对于纳兰家族来说，却是最为风光、走向极盛巅峰的一年。明珠又升职了，由吏部尚书转为武英殿大学士，不久又加封太子太师，权倾一时。

有句老话："水满则溢，月满则亏，盛极必衰，物极必反。"越是鼎盛一时的望族，往往衰退和败落得越快，直到驶入灭亡的快车道，走向衰亡。

佛说：世间万物皆有定律，一切皆有前因后果。于爱情、于纳兰家族，谁又说这不是一个凶兆呢？

容若和卢氏正值青春华年，他们相爱着，快乐生活着，一起看春花秋月，一起品味人间幸福，也势必要一起承受生命中的突如其来的厄运。只是她先撒手离世，把厄运留给了容若一个人。

命运，最后还是无情的，它以这种近乎惨烈的方式，夺取了容若的人生至爱。把他心中最美的爱情之花无情地撕碎扔在风中……

谁在他如火的青春里烈烈走过，留下了伉俪情深缱绻情浓？谁在他的花季里停留，温暖了绵绵相思？谁又在他的雨季里遁去，打湿了他的眼睛，毁掉了他的安宁？

生命中最绚烂的花朵凋谢了，从此，再也没有人，赴他的晨与昏。从此后他和她今昔两相别，阴阳相隔，天上人间再不能相见……

北京城的春天还在，每当望着他们爱情的结晶，襁褓中幼小的儿子，容若心痛如焚。他们曾像天下的小夫妻一样，怀着殷殷的希冀和甜蜜一起等待这个小生命的降临。可是，残酷的现实打他个措手不及。

他多想祈求命运再借一程风光给他，让她在他生命中停留的日子更长久一些，那样白玉兰就不会凋谢，她一定还会回来。

可是，现在"惆怅彩云飞，空倚相思树"。

他满腔的爱没有了依附，支离破碎的心在滴血，孤单的灵魂再一次开始流浪，直到以后病逝，都一直没有找到归宿。

卢氏，是他投入全部身心倾心相爱的女人，她的离世，几乎抽垮了他的精神支柱。她去世后，他的词风大变，所有的词作，再不见往昔的欢快明媚而是弥散着悲凉之音，再没有从前的婉约轻灵，却变得哀感婉艳。多情人都把灵魂给了谁，为何潇洒一点儿都不会？

对于和卢氏三年爱情的回忆，在她去世后的七八年间，几乎成了容若词作的主题。

习惯了下朝当值出差回来，第一眼便看到她熟悉的身影、熟悉的笑颜，即便是一大家人都拥挤在廊下迎接他，她总是浅笑盈盈略带羞涩地站在人后。

如今，物是人非，她去了，整个王府都空了，他的幸福也随着她的离去戛然而止。两只鸳鸯鸟，已经习惯了双宿双飞共栖，如今，面对空巢，伶仃哀叹。

有时，他恍惚间都会感觉，她还活着，如影随形，就在他身边，在暗处他无法触及的地方，默默关注着他。

所谓词由心生，发自心底真情的流露才最真切感人。万千心事，缕缕愁绪郁结于心，在脱口而出的刹那，如除夕夜的烟花，璀璨绽放成最美的词章。

平素里念她，佳节更念她。

《凤凰台上忆吹箫·守岁》里容若这样写道：

> 锦瑟何年，香屏此夕，东风吹送相思。记巡檐笑罢，共捻梅枝。还向烛花影里，摧教看、燕蜡鸡丝。如今但、一编消夜，冷暖谁知。
>
> 当时，欢娱见惯，道岁岁琼筵，玉漏如斯。怅难寻旧约，枉费新词。次第朱幡剪彩，冠儿侧、斗转蛾儿。重验取、卢郎青鬓，未觉春迟。

那年的除夕，他和她在廊下欢笑着，在家人和仆人间穿行，共捻梅枝赏梅，在灯影里笑看蜡燕鸡丝做得怎样了。如今，又是一年除夕夜，他却形单影只，在众人的欢笑声中，独守孤寂，这万千相思谁能知晓？

活着的时候，他全身心地爱她，她去了，带走了他全部的爱和泪。

或许，爱情就是这样吧！爱情里承受最大痛苦的，往往不是先走的那个，而是，留下来的这个。

最痛不欲生的时候，他甚至一度都想随她而去，去天堂和她做一对同命鸳鸯。青年丧妻，挖心摧肝的痛一度折磨吞噬并影响了他的健康。

一天挨过一天，那结痂后慢慢愈合的伤口，总会在一个人的梦醒时分，被回忆的潮水淹没剥落，精神和心灵的重创，像飓风骇浪一下把他从天堂拍到了地狱边缘。

容若是纯粹的文人，他并不是历史上第一个给妻子写悼亡诗的男子，却是最多情的男子。

在封建社会里，夫妻之情，是古人一般不敢明说的爱情，更别说为妻子写悼亡诗。而曾给爱妻写过悼亡诗的诗人、词人，细捋而来，屈指可数。

潘安思念亡妻写道："望庐思其人，入室想所历。"

风流的元稹和唐代著名的女诗人薛涛一段轰轰烈烈的婚外情，搞得如火如荼，最后，他负了薛涛，也负了韦丛。韦丛死后，他为她写下著名的悼亡诗《离思》四首："曾经沧海难为水，除却巫山不是云。"

贺铸在妻子死后，处孤室而凄怆，写下《鹧鸪天·重过阊门万事非》："空床卧听南窗雨，谁复挑灯夜补衣？"

东坡思念发妻王弗，写下著名的《江城子》："十年生死两茫茫，不思量，自难忘。"

东坡的念也真，情也切，对亡妻同样执着不舍，只是比容若的悼亡词少了些对爱情的表述，添了些对世事乖舛、天命无常的慨叹。

在最完美的富贵之家，容若和卢氏的爱情，风雅小资，不用挑灯夜补衣，也不像元稹与韦丛的爱情，发出"诚知此恨人人有，贫贱夫妻百事哀"的无奈。

他一生仕途一帆风顺，也没有东坡那样一生被贬谪的坎坷人生经历，所以他的悼亡词也没有东坡那样看透人世无常的心境。

纳兰词作中的极品之作，这四首词分别写道：

人到情多情转薄，而今真个悔多情；又到断肠回首处，泪偷零。

环佩只应归月下，钿钗何意寄人间。多少滴残红蜡泪，几时干。

便是有情当落日，只应无伴送斜晖。寄语东风休着力，不禁吹。

半世浮萍随逝水，一宵冷雨葬名花。魂是柳绵吹欲碎，绕天涯。

她走了，睹物思人，泪蜡不干，多少往事和锥心的痛都藏在心里，无论她走了多久，无论她的魂魄飘多久，他对她的爱是永恒的，永远都不能忘却。

卢氏的离去，让他心中的沧海变成了桑田，他心痛难当，病骨支离。所以他写道："别后心期和梦杳，年来憔悴与愁并。"

"愁向风前无处说"，他沉溺于亡妻之痛，不能忘情甚至不能自拔，斐然的文学才华却四溢着，创作下了大量的悼亡词，在他三百四十阕词作中，悼亡词占了很大比重。

据说容若是古代词史上写悼亡词最多的词人。

从某种意义上来讲，容若并非一个合格的侍卫，却可以说是一个优秀的丈夫，失恋和丧妻之痛激发了他心中创作的源泉，他将内心颤抖的情绪、撕心裂肺的痛楚，传递给文字，倾于笔端，给后世的我们留下了一首首令人动容的名篇词作。他的悼亡词里，思念为主旨，爱情一直在游走。顾贞观评道："容若词一种凄婉处，令人不忍卒读，人言愁，我始欲愁。"

与光同成灰：谁念西风独自凉

七夕节，容若念她。

容若在《鹊桥仙·七夕》写道："乞巧楼空，影娥池冷，佳节只供愁叹。"

他们之间的幸福，是连天上的牛郎和织女都羡慕的。如今，他和她隔了遥远的银河，隔了生与死的距离，一年一度相会的日子，只是他一个人孤单伫立在人间，聆听牛郎和织女的悄悄话了。

"丁宁休曝旧罗衣，忆素手、为予缝绽。"手捧着她生前为他缝制的衣服，多少次他泪落如雨，那密密的针脚，一针一线都缀着她对他的爱。

回忆，已是他的人生常态。

平素里，想她忆她，佳节更甚，出差羁旅，更是惹愁思。行尸走肉的日子，他几近抑郁，他甚至都不想面对现实，他宁愿一个人躲在有她的梦里，永远不醒。

因为她一直活在他心里，想到她，绵长的日子就充满了等待，潜意识中，他总有种期盼，盼着她在那个世界能懂得，能洞悉他万千的相思。

他甚至自我欺骗，他愿意和她相爱相依相伴的日子永不散场，那么，他便可给她最长情的告白。可为何昨天的恩爱与美好，怎就都成了梦中景、忆中痛？

他笔下的院落，萧条冷落，他笔下的西风、黄叶、疏窗、残阳等意象，交错着渲染成一幅悲凉萧瑟的秋景图。

谁念西风独自凉，萧萧黄叶闭疏窗。沉思往事立残阳。

被酒莫惊春睡重，读书消得泼茶香。当时只道是寻常。

这首《浣溪沙》亦是他悼亡词里的名篇。风乍起，就卷起了一地的思念，弥散在他孤寂的心间，她不在，谁会担心他会不会受凉？谁会心疼他胖了瘦了？纵然身边还有别人，可是终也不是她。

穿越历史的时空，仿佛就真看到了那王府，那夜里，容若那孑然独立单薄的身影，风掀起他的衣袂，也掀起他对往事的回忆。那凉浸入骨的不只是西风，还有他念她的痛。

小酌，浅睡，她是那样呵护着心疼他，天亮也不舍得唤醒他，他总是嘴角挂着甜蜜的浅笑从温馨的梦里醒来。那双宿双飞的万千恩爱，琴瑟和鸣的静好岁月，几何时都成了梦中景？

如今，他一个人路过荆棘和花朵，也只能叹一句"当时只道是寻常"，道出人生的真谛。

千般情，万般爱，都包含其中。也许，婚姻里那看似平淡无奇的琐碎日子里，那当时都不曾留意的点点滴滴，有一天都会成为生命中永恒不变的回忆。

临江仙

点滴芭蕉心欲碎，声声催忆当初。欲眠还展旧时书，鸳鸯小字，犹记手生疏。

倦眼乍低缃帙乱，重看一半模糊，幽窗冷雨一灯孤。料应情尽，还道有情无。

《廊桥遗梦》里有句台词：有些回忆是抹不掉的，有些伤痛是好不了的，每次想起一些事情就好心痛，泪水都会悄然而出。

夜色浓，雨打芭蕉，一点一滴如重锤敲打着昨天的回忆，当年，他手把手教她临帖，她写的字还有些生涩和稚嫩。

都说见字如面，现在，他手捧旧时书，泪眼蒙眬。

一个人寂寥的雨夜，对孤灯，独洒泪，相思如帘，独自孤眠。他和她都有一帘幽梦，现如今却不知与谁共？她活着时，整个世界都是灵动的，柔软的风，明亮的星，温润的雨。现在风也萧瑟，星也暗淡，雨也如冰，虽然世界风景依然千般好，却不及她还在时的一角。

纱窗内，房间里依稀还能捕捉到她的气息，因为恍惚间，他仿若又看到她被他圈在臂弯里，伏案临帖时的场景。

他在另一首词《蝶恋花》写道："辛苦最怜天上月，一昔如环，昔昔都成玦。若似月轮终皎洁，不辞冰雪为卿热。"

"不辞冰雪为卿热"，是《世说新语》里的一个典故。

"荀奉倩妇病，乃出庭中，自取冷还，以身慰之。"妻子生病发烧，为了给她降温，荀奉倩脱了衣服站在大雪里，身体凉透时，再返回给妻子降温。

容若也曾效仿过荀奉倩的，但依然还是没有留住妻子。思念亡妻成为他一生最痛的牵绊，他赤裸裸地表达着对她的追念，一字一句，发自肺腑，不加任何修饰和遮掩。

堂而皇之悼念亡妻，这在当时主流社会中，真的被视为异类。他大书特书围城里相濡以沫的爱情，与当时正统的士代夫群体遵循的传统礼法是格格不入的。

但在爱情里，他敢于做最真的自己。所以，他的词声声血，字字泪，皆为泣血之作，让他成为中国词史上著名的伤心人。但他的词又不是纯粹的消沉颓废，字里行间总是洋溢着一种叫作青春的东西，能在冥冥中给人一种力量和温暖。

他的词里，爱情之花，盛开得旖旎多姿，令人艳羡，更让其词彰显和绽放出自然、清丽、凄婉、哀感的独特魅力。

第六章

悼亡：此情已自成追忆

青衫湿遍，凭伊慰我

青衫湿遍·悼亡

青衫湿遍，凭伊慰我，忍便相忘。半月前头扶病，剪刀声、犹在银釭。忆生来、小胆怯空房。到而今，独伴梨花影，冷冥冥、尽意凄凉。愿指魂兮识路，教寻梦也回廊。

咫尺玉钩斜路，一般消受，蔓草残阳。判把长眠滴醒，和清泪、搅入椒浆。怕幽泉、还为我神伤。道书生薄命宜将息，再休耽、怨粉愁香。料得重圆密誓，难禁寸裂柔肠。

其实，这首词是纳兰词里悼亡词中最早的一首，写在卢氏去世的半月后，他拿白乐天的《琵琶行》"座中泣下谁最多，江州司马青衫湿"一句里的"青衫湿"做自己自度曲的词牌。

他憔悴忧伤，哀苦无端，多少相思无限泪，才导致他泪如雨下，回过去想想不过才半月而已。就在半月前，病中的她都会强撑着病体做事，如今，就天人相隔了，这人生究竟有多么残酷？

第一次体味到心如刀割的滋味，一想到她，就控制不住地泪雨滂沱，把衣衫都打湿了。恍惚中，总感觉到她会安慰他，可是那不过是他的幻觉而已。

"忆生来，小胆怯空房"，她总是不敢自己在屋子里，所以只要他在家不值班不出差，一定寸步不离陪着她，夜里读书，她总陪伴在身边，静静地在银灯旁执银剪剪烛花。

这家里，处处都有她熟悉的身影，属于他们共有的空间，都弥散着她的芬芳。她一举手一投足一颦一笑，都在他的眼底，可是不过半月工夫，怎么就不见了？"薄命"一词在他的词里多次出现，想来她和他都是薄命之人吧。

心爱的人不在了，再长久的一生不就是回头时那一瞬间么？"重圆密誓"几何时就成了他一厢情愿的梦，现如今只是孑孓一身，柔肠寸断。就算热泪和祭祀的酒能把她浇醒，他又怕她活过来为他伤心劳神。

他愿意在梦里，她能认得回家的路，而现实却是，眼泪都唤不回已在另一个世界的她。

古代悼亡词到了容若这里，才成为词创作的一个重要题材，成为古典诗词中一个特殊的门类。在他眼中，"青衫、银釭、梨花影、回廊、玉钩斜路、蔓草残阳、清泪、椒浆"这些貌似平常之物，却在诉说着无尽的凄凉。读纳兰词，会自然而然地置身于他勾勒的哀婉低迷的画面里，成为景中人，设身处地体味他的痛、他的泪。

而且他蘸一腔痴情、血泪写词，品读这些情真意切的悼亡词，有时并不感觉他是在创作，总感觉他是在敞开心扉倾情诉说。

他还有一首词，也具备其词"率直纯真、不事雕饰"的特点，读罢令人唇齿留香。

青衫湿·悼亡

近来无限伤心事，谁与话长更？从教分付，绿窗红泪，早雁初莺。

当时领略，而今断送，总负多情。忽疑君到，漆灯风飐，痴数春星。

这首小令，一如他平时的风格，清婉凄凉。

许宗元在《中国词史》中说："最擅小令，誉其为清代令词之冠亦不为过。其长调亦情词俱美、格韵高远，然未知小令之独步一时。纳兰性德有小令 67 调 289 首，占其存词总数的 83.3%。"

人生，只有经历了生活的裂变或重大变故才会如此的巨恸。爱之死，情之灭，生之永劫。最美的年华，遭遇最惨痛的变故，在他短暂的生命中，刻下了至死抹不去的痕迹。

自从卢氏去了，伤心事一件接一件，因为思她、念她已成为生命里的习惯，而习惯往往都是坏习惯，让他撕摧心肝，暗自神伤。

沁园春

丁巳重阳前三日，梦亡妇淡妆素服，执手哽咽，语多不复能记。但临别有云："衔恨愿为天上月，年年犹得向郎圆。"妇素未工诗，不知何以得此也，觉后感赋。

瞬息浮生，薄命如斯，低徊怎忘。记绣榻闲时，并吹红雨；雕阑曲处，同倚斜阳。梦好难留，诗残莫续，赢得更深哭一场。遗容在，只灵飙一转，未许端详。

重寻碧落茫茫。料短发、朝来定有霜。便人间天上，尘缘未断，春花秋叶，触绪还伤。欲结绸缪，翻惊摇落，减尽荀衣昨日香。真无奈，倩声声邻笛，谱出回肠。

这一首词写在康熙十六年（1677）的九月初六，重阳节的前三天，离卢氏去世仅三个月。

一年一度秋风劲，岁岁重阳，今又重阳。府里依如往年的热闹忙碌，只是少了她的影子。若她还在，她也会为他准备菊花酒，陪他一起把酒话重阳。

她走了三个月了，在他的心里已经好久好久了，一想到"尸骨未寒"这四个字，他就心如刀绞，泪雨阑珊。有时他甚至有幻觉，她不曾离开他，一直在他看不见的地方默默注视着他。

都说日有所思夜有所梦，她一定是知道佳节到了，他一定思念着她，所以这一夜她来了，她一袭雪白的衣裳，款款走来，双眸含泪，满面愁容。他惊喜交加，同样含泪走近她，轻轻地拥她入怀，四目相交，竟无语凝噎。

人间最大的痛苦是生离死别。生离，总还有相逢的那天，而死别却是阴阳相隔，人鬼殊途，再无相见之日。只盼着梦里偶尔遇见，能一诉相思，可是两个人也只是脉脉不得语。临别时，她和他说的最后两句话竟然是："衔恨愿为天上月，年年犹得向郎圆。"

可是，人生有时就是太残酷。生，再不能相守，就算是在梦里，都不能让他永远留住这难得的相遇和温情，梦醒楼空，妻音容俱逝，飘然离去。

现如今，若真的能与妻子重逢，他愿意上天入地在所不惜。可是，梦醒时分，他也只能感叹"瞬息浮生，薄命如斯，低徊怎忘"。

好梦难留，天上人间再难相见，曾有那么多大把大把的往昔，都随着梦碎时，化作溪畔的片片桃花凋落了。人活于世，总会有太多太多的不可预料的事，比如灾难、疾病，横空劈来，把原本幸福的生活拦腰砍断。

全词在幽怨哀感、荡气回肠的笛声中，戛然收尾，更使人怅惘难耐，平添无限悲怆。容若是一个高贵的男子，他降临到这个凡俗的人世间，仿佛就是为了爱而生。对妻子，对恋人，对生命中的每一个女子都温柔以待。

结发之妻，更甚。他以纯粹高洁的性情，向这个世界坦露着他的内心独白，那是爱的独白。

一宵冷雨葬名花

南乡子·为亡妇题照

泪咽却无声，只向从前悔薄情。凭仗丹青重省识，
盈盈，一片伤心画不成。

别语忒分明，午夜鹣鹣梦早醒。卿自早醒侬自梦，
更更，泣尽风檐夜雨铃。

卢氏离世后，现实的残酷一度击垮了容若，他感觉自己
刹那间一无所有，甚至感觉美好的生活都失去了意义。他一
直走不出卢氏离去的阴霾，不分白昼与黑夜，挥不去她的身
影，越是思念她越是感觉以前亏欠了她太多太多。

虽然对侍卫这个工作，他有了淡淡的厌倦，可是为人臣
子，他还是尽职尽责护帝王平安。所以离家的日子总是太久
太久，她活着的时候，他总是想，等不忙了有时间了，可以
在家好好陪陪她，而不是每次都行色匆匆离去。

如今，天人两隔，他真的是儿女情长了，总是不能自控
地陷入自责的愁绪里，才写下了"只向从前悔薄情"的句子。

他一度都把自己封闭起来，无尽的痛苦，几近把他打垮，

每一个无人的长夜，他总是感觉那不息的思念像涨潮的海水要将他吞没，他必须给自己找一个宣泄的排解的出口。

容若突发奇想，就画了一幅卢氏的画像，题这一首《南乡子》于画作上。他已经相思成痴，他甚至想学赵颜呼唤真真一样，也对着画像低唤卢氏的名字，她会不会也会感动于他的一片痴情，从画中走来……

宛如他在《金缕曲·生怕芳樽满》写的那样："人比疏花还寂寞，任红蕤、落尽应难管。向梦里，闻低唤。"一声声痴情的呼唤，令人唏嘘不已。

他和卢氏那份入了骨髓的爱，一直忘之不却，所以他用整个生命在追忆，他是那样痴那样真，那么执着，他以情为根本，用生命在写词，令无数读者读之泪流，读之心痛！

摊破浣溪沙

林下荒苔道韫家，生怜玉骨委尘沙。愁向风前无处说，数归鸦。

半世浮萍随逝水，一宵冷雨葬名花。魂是柳绵吹欲碎，绕天涯。

关于她的每一个日子，他都是那样刻骨铭心，他早已把她融入自己的生命，只要生命不息，爱亦不息。

按照礼制和等级制度，卢氏才去世时，当入土为安。可是容若就是不肯，他舍不得让她一个人孤零零地去那冰冷的去处，一想到黄土垄中埋白骨，他就肝肠寸断。

按照周礼，人死后，并非马上埋葬，而是让灵柩先在家中停置一段时间，供亲人凭吊祭奠，这段停灵的时间为"殡"。

当到一定天数的时候，再下葬，即出殡，关于停灵的时间，天子身份最为尊贵，停灵时间最长，后来，宋代朱熹改的《朱子家礼》停灵的时间规定为 3 个月。

纳兰家的祖坟就在今北京西郊外的皂甲屯，卢氏作为明珠长房之妻，理应入祖坟。

但是她的灵柩却并没有马上葬入祖坟安葬。因为容若硬是置礼制于不顾，将她的灵柩停放在双林禅院，这一停就是长达一年之久。

而容若除了入朝当值基本都住在这里。每天沉浸在佛乐里，追忆他们一起走过的日子，一起相爱相守的岁月，仿佛看到她的灵柩还在这里，她就在。

日子像潮水一样在日复一日的相思中滚滚向前，冲刷着容若的心，他的心灵堤坝被潮水腐蚀拍打，潮湿又脆弱。

灵柩也不能永远停在这里，让死者入土为安才是对死者最大的尊重。他心里清楚，可就是执拗地不让。

他想和她说，她的爱，一直放在他心灵触手可及的地方，他愿呵护她一生一世，任红尘缱绻，他只爱她一个。

心向佛门：抛却无端恨转长

一般，人在顺境中行走，很少有信佛的，而遭受了生命中的重创，或是不可逆转的打击，无法自脱时，才会一心向佛，想寻求一种心灵的解脱。

特别在是爱情里，不能排解失去爱人时天崩地裂的痛苦，易作茧自缚于绝望之时，看破红尘，一心想求得解脱和释然，选择遁世离尘，所以空门有时便成了灵魂迷惘之人的避风港。

苏曼殊一生情路坎坷，每一次失意之时都会选择出家，期待在禅里悟道，找到自己的解脱之路，一生多入佛门，每一次都想在相思梦中立地成佛，每一次都是负了如来又负卿。

容若，在双林禅院时，开始研读并痴迷于佛经。

"楞伽"在佛教信仰里真有其山，佛陀进楞伽山讲说佛法，就有了这部大乘佛经中著名的佛学宝典《楞伽阿跋多罗宝经》，简称"楞伽经"，容若给自己取了一个"楞伽山人"的别号，结上这段佛缘。

"佛说楞伽好，年来自署名。几曾忘凤慧，早已悟他生"，这是"岭南七子"之一梁佩兰在《挽诗》里对容若的别号"楞伽"的诗意解说。

"楞伽山人"就是做一个隐于佛经者。

容若喜欢的东西真的很杂，其实就在《渌水亭杂识》中，他对仙风道骨、御剑而行的剑仙都有很多的记载。

在佛灯明灭之间，静坐蒲团，五蕴皆空；在梵音经唱里，他静坐悟禅，想能脱离苦海，找到灵魂的皈依。或者，上岸透透气，远离伤痛，最终能达到坐化涅槃的境界。

他希望佛能懂他的虔诚和敬仰，能让他痛苦的心得到缓解，能在以后的岁月中，慢慢恢复平静，不再那么疼痛不堪。

寂寞青灯黄卷，木鱼声声的单调生活并不适合一个骨子里浪漫的文人，更不适合容若。还好，他只是沉醉于研读佛法，并没有真正地皈依佛门。

因为，他是纳兰家族的后人，命运与整个家族的兴衰紧紧连在一起，他并没有资格选择遁离红尘和世俗。这也是他一生都挣脱不掉的枷锁。

或许，那年那月那时的容若真的很迷惘地站在寺院里，看僧者上早课、晚课，参禅研经，檀香袅袅里，身影孤单又落寞。

他写了一首《浣溪沙》：

> 抛却无端恨转长，慈云稽首返生香。妙莲花说试推详。
>
> 但是有情皆满愿，更从何处著思量。篆烟残烛并回肠。

这首词里的"返生香"是一个传说。

东方朔写的《海内十洲记》里记载说，聚窟洲上有座神鸟山，山上长着返魂树，砍下它的根、心煮成汤汁制作药丸，取名为"惊精香"或"震灵丸""返生香"，埋在地下的人服用后便会复活。

所以，容若想祈求万能的神明赐他"返生香"，能从冥界地府，唤回爱妻的灵魂，让她回到他的身边。他本无意佛法，或许只是喜欢而已，却因为感情，痴迷于佛学，沉醉于佛境的缥缈虚无。

自从卢氏病逝后，容若"悼亡之吟不少，知己之恨尤深"，甚至影响了他词的创作风格，成为其词的转折点。

王安石女儿出嫁后，思念父母，王安石写了首诗安慰女儿，也安慰自己的心。

> 秋灯一点映笼纱，好读楞严莫念家。
>
> 能了诸缘如梦事，世间唯有妙莲华。

这里的妙莲华，指的也是这部经。

也许，一心向佛，离佛近一些，一颗心虔诚些，真的能了诸缘如梦事。

斯人已逝，爱情犹在，容若相思成殇，执念如茧。

我们可以理解一下容若，无论他做出哪种选择，只要他能缓解一下内心的痛苦，能真正解脱自己，能放下心中执念，他信什么都不为过。

也许，他是一个虔诚合格的佛教徒，更是一位痴情又专注的丈夫。所以，他一定虔诚地在佛前跪拜，求万能的佛祖赐给他传说中的"返生香"。

　　无论，此时他怎样的不舍和留恋，怎样的放不下，卢氏终归要下葬了，这已经是她去世后的第二年了，灵柩被埋入纳兰家的祖坟。

生日和忌日：三载悠悠魂梦杳

于中好·尘满疏帘素带飘

　　尘满疏帘素带飘，真成暗度可怜宵。几回偷拭青衫泪，忽傍犀奁见翠翘。

　　惟有恨，转无聊。五更依旧落花朝。衰杨叶尽丝难尽，冷雨凄风打画桥。

词题下写有：十月初四夜风雨，其明日是亡妇生辰

就在卢氏下葬后不久，明天十月初五是卢氏的生日。

这一年，容若一直在默默守望，不想让风雨敲打锁着他爱情回忆的门窗。从她走后，他一直不敢去他们曾经的房间，本能地抗拒去那个房间，因为那里有他们共有的往昔，他想去又怕去，门锁着，但回忆从不曾被岁月尘封，他怕一抬头，碰落一地相思。

而这一晚，窗外忽然风雨大作，大雨滂沱，有什么东西轰然滚落了。

雨大风疾的时候，记忆的门窗被风用力扯开。

房门吱呀一声，门扉上有灰尘跌落，潮湿的味道扑面而

来，窗帘上也落满了灰尘，只有素带在受到惊动后，摇曳着，轻纱轻轻飘起又落下。

潮湿的空气中仿佛弥散着她熟悉的气息，恍惚间眼前竟然出现幻觉，仿若看到她在他眼前一晃，倏忽间就不见了。

他也是有理想、有抱负的热血男儿，他也有自己的事业而且前程似锦，他文武全才，他豪迈、洒脱。有人说，容若短暂30年人生，初恋时，因为表妹入宫一度心灰意冷，后因妻子早逝，导致对爱情的幻灭，虽然身边也有别的女性相伴，但他一直郁郁寡欢，"情深不寿"四个字，在他身上演绎得淋漓尽致。

没有妻子陪伴的这一年，他真正体味到了什么是生不如死。他甚至都开始质疑这人生，这命运。明天就是她的生日了，屋子里的空气空寂得让人窒息。

他的悼亡词，皆血泪交溢，语痴入骨。此词尤称绝唱。

那高烛红妆，那盈盈浅笑，在脑海里循环回放，每一个片段都是那么清晰。又逢这样的特殊日子，他怎能不想她？

三年情爱，恍如梦一场。

悼亡词，是纳兰词的精华，他把丧妻后无尽的凄苦和不舍融入词中，赋予了悼亡词更为丰富的思想内容。

他写相思，情深似痴，他的词悲郁中弥散着小清新，在悼亡词中独树一帜。陈廷焯《白雨斋词话》云："言中有物，几令人感激涕零。"

浣溪沙

凤髻抛残秋草生，高梧湿月冷无声。当时七夕记深盟。

> 信得羽衣传钿合，悔教罗袜葬倾城。人间空唱雨
> 霖铃。

读容若的悼亡词，心境很悲凉，心意很惨淡，胸口感觉压抑窒息。

生命里没有妻子，他的精神家园彻底坍塌，心灵一片废墟。

白居易一曲《长恨歌》让李隆基和杨玉环的旷世恋情永垂千古，于爱河彼岸长开不败。

七夕，是牛郎和织女一年一度相会的日子。

彼时，李隆基和杨贵妃在骊山避暑，他们也曾山盟海誓，在天愿作比翼鸟，在地愿为连理枝，生生世世不离不弃。后来安史之乱爆发，他们仓皇逃离长安至马嵬坡时六军哗变，李隆基迫于形势赐死了杨玉环。最爱的人都无法保护，入川后的他肝肠寸断。

后来官军收复两京，他又回到京城，失去至高皇权已经变成太上皇的他，四处派人打听杨玉环芳魂所居的下落。

杨玉环自缢后，李隆基常常彻夜不眠，从蜀地返回长安途中，"于栈道雨中闻铃，音与山相应。采其声为《雨霖铃》曲，以寄恨焉"。

容若写下这一曲《浣溪沙》，借李杨旷世恋情，纪念自己和卢氏的绚美爱情，以慰心中悲凉。

他说"人间空唱雨霖铃"。

今晚冷月无声，伊人已去，只剩下一座荒冢。

她走的日子已经太久太多，于他而言，活在这个世界上的每一天都是良辰美景虚设，黯然销魂的落寞，刻骨铭心的思念，这些相思更与何人说？

他是真的想她了，他想明天，就去她的坟头看看。

金缕曲·亡妇忌日有感

此恨何时已。滴空阶、寒更雨歇，葬花天气。三载悠悠魂梦杳，是梦久应醒矣。料也觉、人间无味。不及夜台尘土隔，冷清清、一片埋愁地。钗钿约，竟抛弃。

重泉若有双鱼寄。好知他、年来苦乐，与谁相倚。我自中宵成转侧，忍听湘弦重理。待结个、他生知己。还怕两人俱薄命，再缘悭、剩月零风里。清泪尽，纸灰起。

曾经的恩爱和幸福被拦腰砍断，青春黯然失色，生命一片苍白。在《荷叶杯》中他说："知己一人谁是？已矣。"他也只能"疏雨洗遗钿"。除了睹物思人，就彻夜不眠。

生命中总会有那么多的来不及，总有那么多的突然不期而至，打得我们措手不及，我们甚至一点准备都没有。

想来容若也许从来都不曾想到，心爱的人会在某一天，长眠在自己怀里，任凭自己千呼万唤，再无声息。

碧落黄泉，两处难寻，有那么长的时间，他都不能接受和面对这样的现实。

今天，是她的忌日，一年一度的葬花时节。"独把花锄偷洒泪，洒向空枝见血痕。"

给她扫墓，对他来说是一种期盼，也是一种无言的折磨。

他想告诉她，儿子已经三岁了，很可爱，他也还好，只是很想她。有时看到儿子，他就能看到她的影子。儿子是她留给自己在这个世界上唯一的念想了。他也想问问她，离开得太久太久，是不是忘记了他们之间的钗钿之约？把他一个人孤单地留在了人间。今生有缘做夫妻，却无缘到白头。

虽然，他也有续弦，也只能叹人间，美中不足今方信，纵然是齐眉举案，到底意难平。

他在一首《沁园春》中写道："便人间天上，尘缘未断，春花秋月，触绪还伤……"

在这世间难逃命运，这世间迷津无限。

他真的想来生再能和她相遇，再结一段尘缘，成为知己，又怕若结来生缘还像今生这样命薄，最终还是人鬼殊途……

续弦：下弦不似初弦好

封建社会，普通官宦人家的男子都三妻四妾，更何况豪门里的贵公子。容若身为相府长子，注定一生不可能只有一个女人，就算他自己不想，明珠夫妇也会安排别的女子跻进他的围城，开枝散叶，传宗接代。

容若是宝玉的翻版，精神气质相似，同为贵胄公子，一样的身世，一样的感情故事，身居"华林"而独被"悲凉之雾"所笼罩。

卢氏去世多年，他的感情世界，一直晦暗，孑然影孤，梦里双倚，醒时独拥，佳人已随去，独立中庭，空留思念。

现在，他再想推辞，却再也没有合适的借口。

于是官氏，以续弦的身份，正式出现在他尚且年轻的青春里。

爱情里有排他性、专注性，况且容若又是情痴，他的心里真的挤不下另一个人的存在，但他又不得不接受官氏。

官氏出自名门，是清初名将光禄大夫、少保、一等公瓜尔佳·图赖的孙女，满洲正黄旗人。图赖是后金开国五大臣之"万人敌"费英东的第七子，当时曾任内大臣和领侍卫内大臣，是容若的顶头上司。

官氏拥有高贵的血统，她是显赫望族之后，纯正宗的将门虎女，和容若很般配。原以为嫁给容若这样稀世才子，是一生一世的托付。

于容若而言，本应温柔富贵乡中醉，笑拥佳人再续情缘。可是，曾经沧海的人，眼中再无山水，他不是她的山，她也不是他的水。

婚后，他们相敬如宾，彼此客气又疏离。官氏尽一个妻子的本分，爱着容若，一心一意爱着容若的儿子，她想用一个女子最真的爱和关怀来感动自己的丈夫。她希望，他能另眼看待她，甚至对容若的妾室颜氏，也是和颜悦色，和她和睦相处。

官氏，她全心全意待他，这个生命中唯一的男人。但她纵是再愚钝，也能洞悉丈夫无言的心事，那就是，他的心都不曾放她在身上。

容若能接受父辈人安排的婚姻，亦能接受生命里拥有多个女人，但他的爱却只有一种，不能平分。

他也明白自己如今是"续弦"了的，但"他生知己"之愿，"人间无味"之感。那是一种爱破灭之后的心死，他能和一个屋檐下的女子和睦相处，也堂而皇之，对他和卢氏的恩爱生活没齿难忘。

在他所有的悼亡词里，无一不是流露着哀婉起伏的殇。

其实，有太多时候，忘不掉，舍不得，这都是一种执念，在折损着一个人的寿命。相爱相守的岁月有多刻骨铭心，以后的岁月就有多痛苦。

她不在的岁月里，"寒宵一片枕前冰，料得绮窗孤睡觉"，多少无眠的长夜里，他被相思吞噬。

无论如何，他都不能背叛自己的初心和爱人。所以，他只能负了眼前人。下弦和初弦都是明月，而在容若心中，妻子永远都是初弦，无与伦比。也许，他不曾明说，但在他内心深处，他或许真的拿身边的女人和卢氏比较过的，没有人是她。面对官氏，他有无言的歉疚，善良的他甚至都和她说过对不起。

容若在《点绛唇》中感叹道："一种蛾眉，下弦不似初弦好。庾郎未老，何事伤心早？"

官氏作为容若围城里的第二任妻子，或许终其一生都不曾得到过他的爱，但她宽容、善良，能懂得他的亡妻之痛。

有人说容若和官氏的结合，可能就是政治婚姻，他却并未为这个而薄待于她，除了爱情，能给的他都给了，包括羁旅在外时对她深深的牵挂。

在《通志堂集》中，容若的出塞词中，有很多眷恋妻子的词。

清平乐

塞鸿去矣，锦字何时寄？记得灯前佯忍泪，却问明朝行未。

别来几度如珪，飘零落叶成堆。一种晓寒残梦，凄凉毕竟因谁。

想来这晓寒残梦，千般情事，万种离愁，是给官氏的吧。

从别后，忆相逢，几回魂梦与君同，羁旅在外，他在期盼着妻子的来信。

一络索

过尽遥山如画。短衣匹马。萧萧落木不胜秋，莫回首、斜阳下。

别是柔肠萦挂。待归才罢。却愁拥髻向灯前，说不尽、离人话。

南乡子

灯影伴鸣梭，织女依然怨隔河。曙色远连山色起，青螺。回首微茫忆翠娥。

凄切客中过，料抵秋闺一半多。一世疏狂应为著，横波。作过鸳鸯消得么？

自从卢氏去后，他孤影子了，夜夜孤坐，难以成眠，官氏的存在，足以慰藉他那颗需要爱情温暖的心。被爱着，谁说又不是一种幸福呢？

这几首词，据考证是写在康熙二十三年（1684），容若跟随康熙南巡江南的途中，那时卢氏已去世多年。而在他娶沈宛做妾后，也未曾出塞。这时家里的妻就是官氏，想必这些词一定是写给官氏的吧。

容若是性情中人，他并非贪恋美色，对于生命中的女人，即使没有爱情，也是倾了一颗心去善待的。但是据载，官氏最终却没有和容若合葬。

20世纪70年代，在京西皂甲屯墓园，曾出土墓志铭六通，分别是明珠、爱新觉罗氏、容若和卢氏、揆叙、耿氏，却未曾见官氏的坟墓。

纳兰家族的祖墓安葬了三代人，以后再无人入葬。后来从双榆树另一座纳兰墓地迁来一个小坟。据考证，这座小坟可能就是官氏之墓，作为容若第二任妻子，她理应葬入纳兰家的墓地，可是却没有和容若同穴。

其实，于官氏而言，能与丈夫在死后毗邻而居，已是幸福，至于同不同穴，她是不在乎的吧！

侧室：何事秋风悲画扇

木兰词·拟古决绝词柬友

人生若只如初见，何事秋风悲画扇。等闲变却故人心，却道故人心易变。

骊山语罢清宵半，泪雨零铃终不怨。何如薄幸锦衣郎，比翼连枝当日愿。

容若的侧室颜氏，似乎是一个更为可怜的女子，她甚至都不如官氏。如果凭二人皆没得到过容若的爱情而言，至少官氏在明府这个大家庭中，有名分，有地位，生活中也是有和容若举案齐眉的女人。

颜氏是容若婚姻里的第一个女人，容若在娶卢氏时不过才21岁，那么颜氏嫁过来时，她和容若也不过都弱冠之年吧。

清代时的习俗，满汉不通婚，颜氏是汉人女子的可能性比较小，那么是什么原因让容若没娶正室之前，就先纳一个普通的旗人女子为妾？也许，她的出身无法与容若高贵的满族血统匹敌，所以，不能为正室。

在封建社会，母以子贵，颜氏很争气，进门后就生下了长子富格，但是她依然没有资格为正。容若又娶了卢氏以后，卢氏善良宽厚，并没有依仗着丈夫的宠爱对颜氏冷眼相加或者薄待。

容若身边的女人皆因为爱他而能够和睦共处共存。

颜氏也是妙龄的女子，却因为丈夫不爱，就一败涂地。她眼睁睁看着自己的丈夫大婚，和卢氏结下良缘，目睹他们如胶似漆地生活，却无能为力。

她是先来的，却只能默默地泊在他们婚姻大船的一侧，寂寞地搁浅。

颜氏爱容若有多深，心就有多痛，在封建礼教下的女子，遵从三从四德，未嫁从父，既嫁从夫。在自己的世界里，丈夫就是天，所以她选择了认命，默默生活在容若夫妻一侧，安守本分地做一个侧室，默默关注着自己一生唯一的男人，没有反抗，只有顺从。

爱一个人时，恨不得分分秒秒厮守在一起，分别了，写诗填词诉说相思，亡故了，也会写下诗篇来祭奠。容若懂得爱情，懂得爱人，也懂得不爱。颜氏的悲伤、落寞、无助他都能懂。翻了一百多首纳兰词，竟没有找到一首是他写给颜氏的。

这首《木兰花令》并不是容若为颜氏所作，但用在她的身上十分合适，她就像过了季的团扇被丢弃到一边，成了一个名副其实的摆设。

很难说容若与颜氏之间没有感情，我相信，一定会有。如果说每一个女人是一朵花，都有自己的绚烂与芬芳，那么颜氏也是。

容若不爱她，却并不反感她，她对他的好，他都能感觉得到。若是他真的对她一点感情也没有，依着他的个性，是万不会和她行夫妻之实的。

因为据考证，纳兰容若三子四女七个孩子，次子海亮为卢氏所生，三子富森为沈宛所生，和官氏并无子女，那么长子富格和其他三个孩子都是容若和颜氏所生。

容若是一个对感情极敏感的人，如果这个女子真的不入他的眼，我想他是不会和她在一起的。

他们之间没有爱情，却有这一群儿女维系着。从年轻就生活在同一个屋檐下，朝夕相处，也有一份彼此依傍的亲情缠绕的。

颜氏生活在相府这样的大家庭里，一定是懂得低眉才是生存的硬道理，她有修养，有能力处理好复杂的人际关系，她爱丈夫，尊敬丈夫爱的女人，她把万般委屈都埋在心里。不争，会让她生存的空间变得更大一些。

运用典故一直是容若的强项，这首词一共用了三个典故。"何事秋风悲画扇"出自汉代班婕妤被弃典故。班婕妤本为汉成帝的妃子，也是西汉的才女，成帝很是喜欢她，后来成帝宠爱赵飞燕姐妹后，就冷淡了她，她被赵飞燕谗害，退居冷宫，著有《团扇歌》：

> 新裂齐纨素，鲜洁如霜雪。
> 裁为合欢扇，团团似明月。
> 出入君怀袖，动摇微风发。
> 常恐秋节至，凉飚夺炎热。

弃捐箧笥中，恩情中道绝。

她言妾身似秋扇，也曾出入君怀袖，但最后还是悲秋伤别离，被弃置一隅。再真的爱都会有保质期，特别是在君王身边，她以秋扇为喻抒发被弃之怨情。

第二个典故，是写李隆基和杨玉环的爱情故事。他们曾在长生殿盟誓，"七月七日长生殿，夜半无人私语时。在天愿做比翼鸟，在地愿为连理枝"。但面对战争和政治，爱情变得那样缥缈无力，就连李隆基这个"薄幸锦衣郎"也有万般的不得已，她到被赐缢死，都没有半句怨言，因为她真的爱他。

可是，她真的没有怨过么？现实的残酷有时会让人措手不及，到最后，万般初见的美好，都成了无法实现的梦想。

所以容若才写道"比翼连枝当日愿"。

这首词我们一直会当作爱情词来欣赏，"人生若只如初见"也成了爱情里最唯美的代言。其实，这首词下面有一个词题：拟古决绝词柬友。

"拟古决绝词"是古诗中的一种，就是以女子的口吻控诉男子的薄情，表态与之决绝。决绝词，是乐府旧题。

卓文君在《白头吟》里曾写道："闻君有两意，故来相决绝。"元稹也曾写过三首决绝词："君情既决绝，妾意已参差。借如死生别，安得长苦悲。噫春冰之将泮，何予怀之独结。"

这些决绝词都是以女性的口吻来与自己爱的人决绝。意思就是你无情，我也不必再牵挂，像卓文君面对变了心的司马相如，就以决绝表态，给自己留下最后一份自尊。

而容若在这里，并非是要和颜氏决绝。也许，今天能淡然一些，让她爱自己少一些，将来若有什么变故，她才能少一些痛苦或牵挂。

即便如此，容若为卢氏写下那么多悼亡词，却一直吝啬自己的情感和笔墨，没有为这一个默默为他付出的颜氏写过只言片语。

纵使她心怀大度，可她究竟承受过怎样的熬煎，今天的我们不得知。

卢氏风风光光进门时，她还年轻，然后，她就看着自己的丈夫和卢氏爱得如胶似漆，看他们"暮风古榕捉迷藏，盟誓一梳齐眉老"。

后来，卢氏病死，丈夫一头扎进对她的思念里不能自拔。再然后，丈夫又续弦了，娶了官氏为正妻……她依然还是妾，薄命怜她甘做妾吗？而她不甘又能怎样？封建时代的女子，哪个人的婚姻不是悲剧呢？何况，她还只是个妾。

后来，丈夫病故了，再后来富格也去了，而她一直在这里。她没有选择离开，一直在相府孤独寂寞地生活着。

也许，在家道败落、庭院萧条时，她还会偶尔翻阅丈夫留下的词卷，默默低吟着："何如薄幸锦衣郎，比翼连枝当日愿……"她只愿他能健康平安地活在这个世界上，她只是看着他和他爱的人幸福又怎样？她只要能看到他便好。人生真的如初见，他不爱她又何妨？

第七章

忆江南，心字已成灰

沈宛：消息半浮沉，今夜相思几许

如梦令

木叶纷纷归路，残月晓风何处？消息半浮沉，今夜相思几许。秋雨，秋雨，一半西风吹去。

康熙二十三年（1684），容若从三等御前侍卫升为一等侍卫，并护驾南巡，事业攀上新的台阶，锦绣前程从此掀开新的篇章。

或许，他也不曾想到，他会在这风景旖旎、莺歌燕舞的秦淮河畔，邂逅生命中最后一名女子。

她是江南著名的才女——歌姬沈宛，字御蝉，浙江乌程人，善于诗词，著有《选梦词》，清朝词录《众香词》收录了沈宛五首词，曾有《选梦词》刊行于世。

在《纳兰词》《附录·纳兰词集评》，有这样两段描述：

"往见蒋氏《词选》录吴兴女史沈御蝉宛《选梦词》，谓是侍卫姜。其《菩萨蛮》云：'雁书蝶梦皆成杳。月户云窗人声悄。记得画楼东。归骢系月中。醒来灯未灭，心事和谁说。只有旧罗裳，偷沾泪两行。'闺中有此姬人，乃诗词中无一语述及，味词意，颇怨抑也。"

谢章铤《赌棋山庄词话》卷七载："容若妇沈宛，字御蝉，浙江乌程人，著有《选梦词》。述庵《词综》不及选。丰神不减夫婿，奉倩神伤，亦固其所。"

王国维在谈纳兰容若时，就说到过沈宛，对她的评价很高。

在《康熙秘史》里，沈宛的名字叫青格尔。据说，她的父亲是抗清名将沈均，母亲是才女肖婉。父亲战死后，沈宛和母亲一起被鳌拜收纳，她做了鳌拜的义女，取名青格尔。

后来，她知道自己的身世后，离开了京城到了江南，与容若邂逅，结一段浪漫情缘。

沈宛和青格尔是不是同一个人，电视剧中的情节和历史上的沈宛的真实情况是否相符，已经无从考证。但沈宛这个人却是有史可查。

她有首词《长命女》：

黄昏后。打窗风雨停还骤。不寐乃眠久。渐渐寒侵锦被，细细香消金兽。添段新愁和感旧，拼却红颜瘦。

已是黄昏独自愁，雨打轩窗，风停时，雨大风狂，无法入眠，锦被也抵挡不住透窗而来的寒意，新愁旧愁一起随着风雨涌上心头，佳人红颜都消瘦了。

朝玉阶·秋月有感

惆怅凄凄秋暮天。萧条离别后，已经年。乌丝旧咏细生怜。梦魂飞故国、不能前。

无穷幽怨类啼鹃。总教多血泪，亦徒然。枝分连理
绝姻缘。独窥天上月、几回圆。

临江仙·春去

难驻青皇归去驾，飘零粉白脂红。今朝不比锦香
丛。画梁双燕子，应也恨匆匆。

迟日纱窗人自静，檐前铁马丁冬。无情芳草唤愁
浓，闲吟佳句，怪杀雨兼风。

言为心声，字如其人，品读她的词就可以判断她是一个
多愁善感的女子。有人说，沈宛和容若皆为性情中人，都喜
爱诗词，因此，彼此对对方的作品早已神交已久，都读过对
方的文字，说暗生情愫丝毫不为过。

但这样的推理又有些不太符合常规逻辑，毕竟已到而立
之年的容若，不再是18岁的青葱少年，经历过初恋情人的入
宫，爱妻早逝的重创，对于感情的追求至少不会再冲动和一
时头脑发热。

说沈宛早就倾慕容若更为确切一些吧，毕竟她身处青楼
这样灯红酒绿的场所，而出入这里的人也皆为富贵或有权势
一族。所以，青楼也成为各种花边新闻、小道消息的集散地。

江南的文学圈子里一定也有容若的传说。沈宛是个文艺女
青年，她喜欢他风雅的词，于是，谱上曲在青楼画舫间传唱。

关于沈宛和容若的相遇，传说和典故版本不少，众说
纷纭。

容若随康熙南巡到南京后，去看望顾贞观和他在江南的

朋友们。

顾贞观深深理解容若丧妻后内心的孤寂和痛楚，又看他一直沉浸在对卢氏的思念中不能自拔，便把沈宛介绍给了他。也许，顾贞观的初衷是想让容若转移下情怀，接触下江南的婉约的佳人。因为，在他的眼里，沈宛和容若各方面真的很匹配的。

江南画舫，一剪绿纱窗，她纤手凝脂，俯首低弹了一曲容若的《浣溪沙·十八年来堕世间》和自己的《长命女》。对文字敏感的人本就容易惺惺相惜，更何况容若公子人如玉，世无双。

乍见沈宛，他也暗自惊叹，这造物主真的神奇。

隐隐青山，迢迢碧水，江南的山水相得益彰，竟然孕育了这么奇妙难得的女子。她果真如顾贞观所说，人聪慧，琴棋书画，无一不精。她超凡脱俗的韵致和江南之秀一样，风韵相似，柔软细致。

才子佳人，相见恨晚，如电光火石般的怦然心动，伊人如画，让容若动容。

心里荡漾着温柔的涟漪，一见钟情的美，就在于四目交汇的一刹那，不为初见，只为这一程情意相阙。容若是一个为情而生的男子，这短暂一生也注定在情海里穿来过往，在其一生的寻觅和伤怀中，留给后世一段段绝世的情话。

相爱的人，总是相见恨短，别离恨长，容若在江南的行程随着康熙南巡的结束而结束。皇命难违，无论容若有多么不舍得，却只能陪皇驾返京，临别时，他和沈宛依依难舍。

当年，江南名妓苏小小与宰相之子阮郁在西湖，一见钟情结成良缘，后来，阮郁被父亲逼迫返回京城。

爱情之花盛开在两个难以被社会和封建礼教接受的痴男怨女之间，阮郁也曾拉着小小的手，信誓旦旦许下誓言：青松作证，阮郁愿与小小同生死。然后，他人如黄鹤一去不复返。

容若和阮郁同样都是相国公子，沈宛和小小同样都是青楼歌伎，雷同的故事版本相似。

在分别的渡口，目送小舟离去，他的心跌宕起伏，久久不平。江南纤细柔和的景色，柔软了他的心境，处在这样的山水之间，灵感这东西便会沾沾而下。开篇那首《如梦令》，极有可能是写给沈宛的。

黄叶飘飘，秋意浓稠。陷入爱情里的男女，总是为了爱而不得、爱而不能相守而伤感。他信手拈来柳永的"今宵酒醒何处，杨柳岸，晓风残月"，转而一用，化为"残月晓风何处"。"秋雨，秋雨，一半西风吹去。"这句是他顺手拿了好朋友朱彝尊的《转应曲·安丘客舍对雨》里的句子。

宰相之家，有那么多的条规。而沈宛是汉人女子，也不在旗。况且，清朝的法律反对满汉通婚，如若他们想要结合，就会违背当时的封建礼教，势必会遭遇到明珠夫妻的反对。而且容若本为显贵，也懂得珍视家族的名誉，他比任何人都懂得如若他非要娶沈宛，会遭遇到怎样的阻力和反对。

而一个事实就是，她已走进他的心，成了他心心念念的远方。

梦江南：十唱江南好

容若随御驾回京，而他的心却留在了江南，这里的风景、人文、历史等都变得温润灵动起来。他执起笔来，一气呵成，十唱江南好。

梦江南·其一

江南好，建业旧长安。紫盖忽临双鹢渡，翠华争拥六龙看。雄丽却高寒。

梦江南·其二

江南好，城阙尚嵯峨。故物陵前惟石马，遗踪陌上有铜驼。玉树夜深歌。

梦江南·其三

江南好，怀古意谁传。燕子矶头红蓼月，乌衣巷口绿杨烟。风景忆当年。

梦江南·其四

江南好，虎阜晚秋天。山水总归诗格秀，笙箫恰称语音圆。谁在木兰船。

梦江南·其五

江南好，真个到梁溪。一幅云林高士画，数行泉石故人题。还似梦游非。

梦江南·其六

江南好，水是二泉清。味永出山那得浊，名高有锡更谁争。何必让中泠。

梦江南·其七

江南好，佳丽数维扬。自是琼花偏得月，那应金粉不兼香。谁与话清凉。

梦江南·其八

江南好，铁瓮古南徐。立马江山千里目，射蛟风雨百灵趋。北顾更踟蹰。

梦江南·其九

江南好，一片妙高云。砚北峰峦米外史，屏间楼阁李将军。金碧矗斜曛。

梦江南·其十

江南好，何处异京华？香散翠帘多在水，绿残红叶胜于花。无事避风沙。

大唐时，白乐天曾先后任过杭州刺史、苏州刺史，烟雨的江南，诗画的缠绵，苏杭之美，旖旎的风情，永远镌刻在他的心里。在洛阳时，写下三阕《忆江南》，"日出江花红胜火，春来江水绿如蓝"。

"欲把西湖比西子，淡妆浓抹总相宜"是东坡笔下的江南。

"月落乌啼霜满天，江枫渔火对愁眠"是落魄书生张继的江南。

"重湖叠巘清嘉，有三秋桂子，十里荷花"是柳三变的江南。

如今容若也走过了江南，怎能不忆江南？他说"江南好，何处异京华"。在他的笔下，江南的繁华完全能与北京相媲美。其实，江南与北京是不能相比的，只是因为江南的一切入了容若的心，令他心动喜欢。

水韵江南，诗情画意，美妙绝伦的天上人间，在这里，与三两个好友共坐石桥小屋，一把竹椅，一个小几，几卷诗书。携手佳人，品品茶，饮几杯淡酒，静听小桥流水，可以放慢生活的节奏，暂时忘却在官场行走的烦恼。

其实，论文采论技巧，论它的文学性和流传的广度，这十首精短的小令，比不上白乐天的三首《梦江南》，也逊色于欧阳修的《采桑子·西湖十首》。

但这十首小令却是研究容若江南行踪的最真的见证，十唱江南好，南京独占了前三首。

帝王率领臣子浩浩荡荡巡视江南，并非电视剧上演的那样，微服私访游山玩水，邂逅几个佳人那么浪漫自在，而是政务在身。历史上，康熙一生六次南巡江南，亲临江南，考察民情，临阅河工，考察黄河水患，视察北岸诸险，整顿吏治，南京谒明孝陵，稳定了江南局势，政绩卓然。

而容若作为御前侍卫，必护驾随从，这也是职责所在。这是他第一次来江南，也是最后一次。

六朝古都南京，风雨楼台依旧。古老的燕子矶，历经历史大潮的冲洗，依然凛然矗立在悬崖峭壁上。

真真"兴亡满眼，旧时明月"。

明太祖朱元璋曾在这里留下亘古的诗篇："燕子矶兮一称砣，长虹作杆又如何。天边弯月是钓钩，称我江山几何多。"

历史的尘沙，弥散着六朝古都，多少繁华多少喧嚣都被历史的风沙淹没，风流人物如大浪淘沙一样，湮没在历史的长河中，而他们留下的赫赫业绩却千秋永存。

康熙、乾隆祖孙两代皇帝，曾多次下江南，登临燕子矶。

皇上御驾古都，拥有豪华阵容的皇家车队逶迤了城中街道，紫盖双鹢，威武气派。百姓拥挤着围观，人声鼎沸，想目睹一代帝王的真容，而容若身为御前侍卫就在这豪华仪仗队中，也是被围观的对象。而他却没有被这种风光和荣耀迷了眼，只是说"风景忆当年"，心境也只是"雄丽却高寒"。

其实，熟悉历史的人都知道，明珠是康熙时代的权相，后期权倾朝野，和索额图党争搞得如火如荼。君王平生最忌讳的就是贵族势力的膨胀，所以，明珠一直以来都是康熙提防的对象，总有人质疑容若这侍卫的官职，或许就是康熙拿捏明珠的一枚棋子罢了。其实，到底是康熙的赏识还是刻意的安排，我们都难下定论。

容若生在高官之家，工作在官场，知道伴君如伴虎的残酷。他的青春年华，都奉献给了帝王的保卫大业。他温婉谦和，小心谨慎地恪守臣规，从不显棱角，他身份显贵，却无意争春。

第四首词写苏州。木兰船，渐行渐远，里面可有他牵挂的人吗？想不到这一生还能与这里结缘，想不到他的爱情还会在这里尘埃落定。花墙画楼低，她的名字刻心底。晶莹剔透的江南，俘获了他的心，沈宛更是让他心醉神迷。他再一次陷入爱情的轮回里，那颗枯萎的心又一次蠢蠢欲动。

第五、六词写无锡，无锡有顾贞观，一生一世的知己。

顾贞观和他聚少离多，他一直心心念念，想聚一聚、见一见，谈谈分别后的日子，喝喝酒谈谈心事，朋友，一生一世一辈子，这才是至交投缘。他的词里，最让人称道的两个主题就是爱情和友情。

有时，他也羡慕顾贞观洒脱淡泊的恣意生活，然而人在江湖，有太多的身不由己。他的家族，他的侍卫工作，并不是他想抛下就能抛下的。

他见到顾贞观的念头是那样的热切，别来已久，真的见到他会是怎样的心情和场景？"真个到梁溪！"此时，他像孩子一样欢喜雀跃，因为在这个陌生的城市里住着他最熟悉最亲爱的朋友。

其实，他不曾知道，这竟也是最后一次见面了。冥冥之中，上天在安排他和熟悉的人、事，在一一作最后的告别。

第七首词写扬州。

杜牧的扬州之美是"二十四桥明月夜，玉人何处教吹箫？"

徐凝的扬州之美是"天下三分明月夜，二分无赖是扬州"。

陈羽的扬州之美是"霜落寒空月上楼，月中歌吹满扬州"。

容若眼里的扬州则是"佳丽数淮扬"。

在扬州，琼花再美，都不及意中人的美。其实距离阻挡不了相爱人的心，思念不会被重重山水阻隔。徜徉在这金粉兼香之地，他却独问"谁与话凄凉？"

江南之行，纵使随驾风光无限，然而风景再旖旎，他却依然孤独，真正的纳兰心事，这世间有几人能知晓呢？

八、九两首词写镇江；第十首为总写。

这十首词里，写到了很多景物和地方，比如明孝陵、燕子矶、乌衣巷、虎丘、无锡惠山泉（唐人称二泉）、北固山、妙高山。

他笔下的镇江城，已是古城之墟，北固山处，英雄已逝，风流已被雨打风吹去。昔日的金戈铁马，都化为历史的尘烟。容若也是有家国情怀的男子，吊古伤今的愁绪亦是浓重。

江南，梦中的江南，婉约又雅致，江南山水，皆入他的眼，包括沈宛。

因为一个人，爱上一座城。

他忆了十阕江南，呈现给我们十个不同的纳兰容若，他的词，洋溢着灵动，饱蘸着温情，荡漾着别样的温柔。

所以王国维说："此由初入中原，未染汉人风气，故能真切如此，北宋以来，一人而已。"

不见合欢花，空倚相思树

生查子·别时情

惆怅彩云飞，碧落知何许？不见合欢花，空倚相
思树。

总是别时情，那得分明语。判得最长宵，数尽厌
厌雨。

在心灵废墟上长出的爱情之化，因为感情的浇灌，盛开
绚烂的花朵，在容若的心灵家园，开得一片一片的。情之切，
爱之深，催发了他沉淀已久的灵感。

这阕词，起笔就用典故。

白乐天《长恨歌》里的"上穷碧落下黄泉，两处茫茫皆
不见"写的是李隆基命道士上天入地也要找到杨贵妃的下落。
词人罗列了爱情意象"合欢花、相思树"，因为伊人已去，相
思无处寄。

一直以来有人认为这是一首悼亡词，其实，细读之下，
却感觉这并非真的悼亡，因为这阕词里洋溢着浓浓的相思的
味道。

想来是一世情长的容若，正在深深思念着沈宛吧！

他眼中的江南，因为沈宛的出现而变得更加旖旎，岁月因她才温柔，风景因她更加美丽。每一个别后的白昼和黑夜，他都会深深思念。

似水流年，记录着他经历的每一个女子、每段爱情故事。如果说，有些人走着走着散了，可出现在他生命中的每一个女子都曾经绚丽地盛开在他生命的小径旁，每一朵都芬芳。

一直以为卢氏死后，他的心都死了，不会再爱，可如今这个叫沈宛的女子却让他的心再一次复活。原来他的心并不是一直下着雨，当邂逅她的那一刹那，他看到他的天空昭阳如初，想来这便是爱情的魅力吧。

这一阕词，他写尽了绵绵无绝期的思念，其实这思念，在黑夜里绽放着新芽，在他生命中的嘉年华抽蕊开花。

真的很难想象，这个已到而立之年的成熟男子，在经历了那么多的爱情坎坷之后，依然能重烧爱火，再一次在爱情里深度沦陷。他像情窦初开的少年，那份沈宛给他的美好越来越清晰，让他念念不忘。她就隐身在他的梦里，让他的夜变得和思念一样悠远绵长。

遐方怨

欹角枕，掩红窗。梦到江南，伊家博山沉水香。湔裙归晚坐思量。轻烟笼翠黛，月茫茫。

梦到江南伊家博山沉水香，想来就是指的沈宛吧，毕竟在他的生命中出现的女子只有沈宛一人邂逅在江南。

为了自己爱的人，为了生命中最后一段爱情拼尽努力，容若不惜和世俗封建礼教为敌。

就在康熙二十三年（1684）冬，他随驾归京之不久，在顾贞观的帮助下，接沈宛进京。明珠竭力反对，不允许容若娶一个汉家女子，更何况还是名妓为妾。

容若只能把沈宛安置在德胜门的一座别院里，过了一段夫唱妇随的生活。

明珠也几次三番强迫容若和沈宛分手。在家庭和自己爱的女子之间，容若进退两难，毕竟处在当时的条件下，他不可能完全和他的家庭决裂，所以也只得委屈了沈宛。

但游离在世俗和前卫之间的爱情，生存的空间本来就很小。倘若沈宛真的只把他当作生活中偶遇的一个金主，只需逢场作戏，只可向他索取金钱便能偏安一隅。

偏偏她又是那样的玲珑剔透之人，是，她在京城有了一个寄居的地方，也拥有自己心爱的男人。

可一个女子，只有爱情是不够的，如果这份爱情得不到他的家人的理解和支持，那么这份爱便成了无根之木，浮生和落地永远都是两个不同的概念。

世俗门第，早已划上鸿沟，她和他拼尽全力都无法逾越，当爱情撞上现实，爱情显得那么渺小，那么苍白无力。虽然，她也可以不计名分，也可以全身心地去爱他。她也知道，他一片真心待她，能给她足够丰裕的物质生活，只是不能给他一个名分和一个真正属于他们的共同的家。

她舍不得看他两头为难，更不想看他和家族决裂，与父母家人关系搞得这么紧张。不是不爱，是太爱了，爱情里有时放手就是一种成全，那个狠心断情分成全对方的人，才爱得更深一些。

最终，她还是提出了分手，她说："枝分连理绝姻缘。总教多血泪，亦徒然。"

也许，没有人能懂她的心，但容若懂得，他却真的再也留她不住。

是，这一次分别，是永别，今生的缘分戛然而止。

采桑子

而今才道当时错，心绪凄迷。红泪偷垂，满眼春风百事非。

情知此后来无计，强说欢期。一别如斯，落尽梨花月又西。

这阕词，道不尽的分别的无奈和心酸。

一别如斯，佳人已去，她走了，去寻找江南的爱情桃花源。

从康熙二十三年（1684）冬至二十四年（1685）暮春，容若猝然离世，仔细算来，他们相守的时间最长不过百日。容若离世，让本已是悲剧的爱情故事，又添一份无言的悲怆。

容若才子风流，他的感情生活一向被世人津津乐道，也不外乎有捕风捉影之说。关于沈宛究竟是在容若活着的时候离开还是死后离开的，并没有太确切的史料可以证明，倾向于她在容若病逝后离开的说法更多一些。

康熙二十四年（1685），沈宛搬出别院，说白一些就是明珠毫不客气地把她请回江南，她从江南来，又回江南去，她爱的北国与江南，从此只在梦里重现。

容若离世时，沈宛已怀孕六个月，当年她生下了他们二人的遗腹子纳兰富森，被明珠带回北京，名正言顺归入纳兰家族族谱。

沈宛走了，容若生命里最后一段爱情终结，也抽空了他精神世界里的最后一根支柱。

据说，后来容若又来到双林禅院，想起沈宛，写下了那首《忆江南·宿双林禅院有感》：

心灰尽，有发未全僧。风雨消磨生死别，似曾相识只孤檠，情在不能醒。

摇落后，清吹那堪听。渐沥暗飘金井叶，乍闻风定双钟声，薄福荐倾城。

他是为爱情而生的才子，没有了爱情的滋润，希望之火燃尽，生命之树便开始渐渐枯萎。若这一生到这里就算是终点，他也爱过，生命里的每一个女人他都付出了真的感情，而现在，她们都离他而去。

任如花美眷，都敌不过似水流年，"天上人间俱怅望，经声佛火两凄迷"。

而容若，的确"薄福荐倾城"，韶华绝代，却福薄，无福消受老天馈赠给他的美好的礼物。他彻底关闭了心门，已是心如死灰，如同僧人一样。

这是他人生最好的结局吗？也许，历尽感情的沧桑之后，唯有活着还算是幸福吧！

此夜红楼，天上人间一样愁

满江红·为曹子清题其先人所构楝亭，亭在金陵署中

籍甚平阳，羡奕叶、流传芳誉。君不见、山龙补衮，昔时兰署。饮罢石头城下水，移来燕子矶边树。倩一茎、黄楝作三槐，趋庭外。

延夕月，承晨露。看手泽，深余慕。更凤毛才思，登高能赋。入梦凭将图绘写，留题合遣纱笼护。正绿阴、青子盼乌衣，来作幕。

这是容若写给曹子清的一首词。

他，字子清，号荔轩，又号楝亭，是《红楼梦》的作者曹雪芹的爷爷，大名鼎鼎的曹寅。曹寅和容若一样，善骑射，极富文采，擅长写诗填词，是清朝的文学家、藏书家。

喜欢《红楼梦》的人都知道，这本小说里，我们能看到大清的帝王、王爷、公子王孙的影子在故事里穿梭，而纳兰家和曹家又有着千丝万缕的关系。

康熙二十三年（1684），容若扈从康熙南巡江南。

从这一年至康熙四十六年（1707），康熙一共六次南巡，除了第二次驻绍兴，第四次半路返京，其余四次都是住在曹家。

曹寅一生两任江南织造，四视淮盐，任内连续五次承办康熙南巡接驾大典，其地位之举足轻重一度超过了地方督抚。

《红楼梦》里写的："贾不贾，白玉为堂金作马。"鼎盛时期，四大家族如日中天，而曹家是当时南京第一豪门。

前面说过，容若、曹寅都曾为康熙清除鳌拜集团出过力，秀出了少年时代最炫彩的一笔。

也因曹寅的母亲是康熙乳母的缘故，曹家和皇家的关系也极为亲密。13岁前曹寅是康熙的伴读。

而容若和曹寅之间又有着非常深厚的渊源。二人皆出自于徐乾学之门，同为康熙十一年（1672）顺天乡试的举人，年轻时一同担任康熙的御前侍卫，一起入宫值禁，一起随驾扈从。

文武双全、博学多能而又风姿英绝，这些词足以说明曹寅和容若一样都是风华绝代的帅哥。填词、射猎、诗画鉴赏，颜值高又有才华的两个人从少年一起成长，结为一生的挚友。

曹寅极为文艺，通晓诗词音律，为人风雅，喜交名士，他的朋友们也皆是风雅名流。当年康熙开博学鸿词科时，大批的明末名士，跟容若、曹寅结为忘年交，一起诗词唱和。

容若、曹寅、康熙这少年时的玩伴，君君臣臣，彼此交叉着渗透进彼此的生活。

所以，更不难想象，曹雪芹从小就生活在一个文化氛围极浓的名门望族里，他出生晚了几年，没有经历康熙南巡的盛事，但他完全可以听曹家上辈的人去讲述当年的辉煌。

《红楼梦》第十六回可以为证，王熙凤对那段历史感兴趣，得赵嬷嬷等长辈的口述，那么又有谁能说宝玉没听说过呢？

所以，曹雪芹一定也聆听过关于康熙、关于爷爷和容若之事的故事，一定也读过容若的《饮水词》。

他创作《红楼梦》以曹家的史料为素材，小说里宝玉的身上又有容若的影子，容若的那些泣血之作，大量的诗词，和宝玉暗合之处非常多，又那么像极了黛玉的诗作，比如她的《题帕三绝》：

眼空蓄泪泪空垂，暗洒闲抛却为谁？尺幅鲛绡劳解赠，叫人焉得不伤悲！

抛珠滚玉只偷潸，镇日无心镇日闲。枕上袖边难拂拭，任他点点与斑斑。

在《红楼梦》插曲中有这样一句：想眼中能有多少泪珠儿，怎经得秋流到冬尽，春流到夏！

林黛玉整天忧心忡忡，最终因伤心过度泪尽而亡。容若短暂的一生，与忧郁悲愁密不可分，滴不尽相思血泪，和黛玉颇为相似，偏又那么像极了宝玉的"无故寻愁觅恨，有时似傻如狂"。

他一身仿若兼有宝黛二人之身，容其二人的忧郁气质秉性。

容若的《饮水诗·别意》之三："独拥余香冷不胜，残更数尽思腾腾。今宵便有随风梦，知在红楼第几层？"

《减字木兰花·新月》："莫教星替，守取团圆终必遂。此夜红楼，天上人间一样愁。"

"红楼"二字在纳兰词中反复出现过多次。

而更有意思的是宝玉初见黛玉时，给他取了个名字叫"颦颦"，探春问及典故，宝玉说是出自《渌水亭杂识》："齐堂村在西山之北百余里，产画眉石处也。"极为巧合的是容若亦喜欢描绘女子的眉黛，擅用"颦"字入句。

曹家和纳兰家族都是"诗书簪缨之族"，都有着"烈火烹油，鲜花著锦"的辉煌，均为康乾盛世的赫赫望族，一部小说把他们连接在一起。虽然说小说来源于生活又高于生活，作者笔下创作出来的作品，也一定是那个时代人物事件的缩影，他们的家世、经历彼此有交集而且有千丝万缕的联系。

《红楼梦》出版发行后，和珅把书献给乾隆皇帝看时，乾隆说："此盖为明珠家作也。"天子首开一家之言，所以也有红学爱好者便认同了乾隆皇帝的话。

"一梦红楼感纳兰。"纳兰词里很多的句子和《红楼梦》中塑造的人物形象及作者创设的意境相似。

况曝在《花帘尘影》中说："读容若所为诗，风流旖旎，颇肖宝玉为人。"《饮水集》中佳构甚多，余最诵其《四时无题》诗，谓每首中各一黛玉在。"

康熙二十三年（1684）十月，康熙巡视江南，容若也在江南，他们去过无锡、扬州、苏州等不同的城市，而金陵是驻足最多的地方。

容若，来江南织造署，见到了正在处理父亲曹玺丧事的曹寅。

当年，曹玺曾"移来燕子矶边结"手植于江宁织造署中小亭边，树大繁茂可荫，作为偃息之作，少年时曹寅便在这里读书，所以取名"楝亭"。

曹玺殁后，曹寅世袭苏州织造，又任江宁织造，楝树犹存，因为楝亭图咏以追怀先德。在织造署，容若便填了这首《满江红·为曹子清题其先人所构楝亭，亭在金陵署中》。这首词并没有编入《饮水词》和《侧帽词》，而是题在了《楝亭图》上面。

曹寅嘱咐友人画了《楝亭图卷》，容若题跋《曹司空手植楝树记》。首倡曹寅的《满江红》，江南诸名士纷纷倚声唱和，传为文坛佳话。

康熙三十四年（1696）秋，已是容若离世十年后了。

时任广陵署江防同治的张见阳、江宁知府施世纶就在曹寅的织造署衙秉烛夜话，张见阳即兴创作《楝亭夜话图》，然后三人分咏，一起缅怀容若。

而这次夜话的主要内容，就是追忆容若，追忆他们共有的青春岁月。曹寅请友人题诗。当时张见阳、施世纶、王楔、王蓍、王方岐、姜兆熊、蒋耘渚、吴之骙、李继昌纷纷题诗。

曹寅写下了这首《题楝亭夜话图》：

> 紫雪冥蒙楝花老，蛙鸣厅事多青草；
>
> 庐江太守访故人，建康并驾能倾倒。
>
> 两家门第皆列戟，中年领郡稍迟早；
>
> 文采风流政有余，相逢甚欲抒怀抱。
>
> 于时亦有不速客，合坐清严斗炎燎。
>
> 岂无炙鲤与寒鹦，不乏蒸梨兼渝枣；

二篇用享古则然，宾酬主醉今诚少。

忆昔宿卫明光宫，楞伽山人貌姣好；

马曹狗监共嘲难，而今触痛伤枯槁。

交情独剩张公子，晚识施君通纻缟；

多闻直谅复奚疑，此乐不殊鱼在藻。

始觉诗书是坦途，未防车毂当行潦。

家家争唱饮水词，纳兰心事几曾知？

斑丝廓落谁同在，岑寂名场尔许时。

　　和三五知己相聚，三杯两盏淡酒，抛却尘世落红纷扰，寒窗夜话，这一直是容若追求的惬意生活。斗转星移间，物是人非，命运过早地带走了曾经风华正茂的翩翩词人，而他的朋友却永远都记得他。

　　曹寅也曾在《墨兰歌》写道："太虚游刀不见纸，万首自跋纳兰词，交渝金石真能久，岁寒何必求三友。"这一句可见容若、曹寅、张见阳彼此两两相交的友谊。

　　就算是他们彼此知交，也未必能全部洞悉容若全部的忧和愁。但这一生，他们曾那样近距离靠近过他心灵的世界，已是富有。

　　翻阅着容若的词，赏着张见阳的画，曹寅无法阻止记忆的回放，他和张见阳缓缓地诉说着，追忆着。

忆昔宿卫明光宫，楞伽山人貌姣好；

马曹狗监共嘲难，而今触痛伤枯槁。

那时，他和容若不过 20 岁出头。一起在明光宫做侍卫，容若又任马曹，负责管理御马，曹寅兼任狗监。

风流倜傥的御前侍卫，光鲜体面的帅哥，养马遛狗，煞是有趣。两个人时不时拿这个开对方的玩笑。

我们品读着这首诗不禁莞尔。

彼时，曹寅重拾往事，徒然悲叹。

曹寅"官侍从时，与辇下诸公为长短句，兴会飚举，仙之俯尘世，不以循声琢句为工"。与其唱酬的"辇下诸公"就包括纳兰容若。

这么多年，容若一直就在他的心里。

容若一生做到了结遍兰襟，他的生命中从不缺少可以畅谈人生的知己，而他却又一直那么孤独。

纳兰心事几人知？又有谁能真正理解他的思想，他的苦，他的痛，他的悲与愁？曹寅最懂得。虽然两人都曾身处名利场，而他们却心心相印，无论是思想还是感情都是相通的，所以才会成为一生的知己。

容若去世时，曹寅不过年方27岁，关于他和容若的故事，史料的记载也不多，我们只能从有限的诗词中去挖掘他们之间厚重的友谊。

皇上临驾，无上的荣耀和恩典，巨额的开支，也让曹家开始亏空。都说富不过三代，终有一天，为官的，家业凋零，富贵的，金银散尽，所有的繁华终会零落成尘。

在康熙、雍正两朝，曹家祖孙三代四人任江宁织造长达58年。

苍天赐予曹家的太多，皇家恩泽曹家的也太多，是该收回的时候了。这个极富极贵之家，在雍正六年（1728)，因亏空转移财产获罪抄家。

曹雪芹随家人从金陵回到北京老宅，一直穷困潦倒，靠卖字画和朋友救济为生，贫病交加时著不朽之作《红楼梦》。乾隆二十八年（1763）除夕夜，曹雪芹病逝，死的时候，草席裹尸，葬于山林，与尘土为邻，连墓碑都没有。

"生于繁华，终于沦落"，纳兰家族和曹家连破败时都这么惊人的巧合，令人欣慰的是，容若病逝于纳兰家族兴盛之时，并没有亲眼看到明府被抄家的残酷。

第八章

天涯行役：山一程水一程

寒月悲笳，万里西风瀚海沙

采桑子·塞上咏雪花

非关癖爱轻模样，冷处偏佳。别有根芽，不是人间富贵花。

谢娘别后谁能惜，飘泊天涯。寒月悲笳，万里西风瀚海沙。

纳兰吐兰，性德孤芳。一本《饮水词》里，除了爱情、友情词外，还有不少羁旅词，这和他的职业息息相关。

康熙十六年（1677），22 岁的容若进士及第，被康熙破格授予三等侍卫之职，正五品，仕宦生涯开门红，少年得志，成为同龄人中的佼佼者。

御前侍卫是清太祖时期初建起来的侍卫制度，到了康熙时代，越来越详尽的侍卫制度有了更为细致的规范。

侍卫，是皇帝的贴身随从，跟班的，官职虽然不高，却极为重要。也因长年跟在帝王身边，升迁的空间相比来说比别的官员要容易得多。

在电视剧《康熙王朝》里，少年康熙没有扳倒鳌拜之前，韬光养晦，暗中储存实力，不是打猎，就领着一群少年玩"布库"游戏，给鳌拜造成假象，最后成功地铲除了鳌拜集团。

这帮少年，并非普通少年，而是康熙亲自挑选的八旗子弟，里面便有年轻的纳兰容若、索额图、曹寅等。这些人和康熙年纪相仿，是一起成长起来的少年玩伴，康熙即位后，他们的关系泾渭分明，成为君臣。

索额图的父亲索尼就是一等侍卫出身，明珠也是从做侍卫起家的，而纳兰容若、索额图皆子袭父业，做了侍卫，后来都升为一等侍卫，而索额图一路青云，直至保和殿大学士、议政大臣之职等。

康熙授予容若侍卫之职，这个职务也没有什么不妥的地方。在侍卫中，又以殿前侍卫最为尊贵，这种职务"多以王公胄子勋戚世臣充之"。容若的身份也刚刚好。

蒙圣恩浩荡，事业风光荣耀，才和卢氏新婚，夫妻琴瑟和鸣，家庭生活和谐美满。按常理说，容若该是欢欣雀跃，但读遍《饮水词》我们却很难找到节奏明快的词作。

容若是个心怀大志、胸有天地的男儿，又是一个情感细腻的纯文人，一个拥有不羁灵魂的才子，内心世界比一般粗线条的人更为敏感，他渴望建功立业，有所作为，但是上天却一直没有给他这样的机会。他对自己的侍卫生涯，颇有微词，所以他才绝少开怀。

理想，是一朵开在绝壁上的花，他愿意以他的纯粹和清白去采撷它。但现实却很骨感。他骨子里是一个地地道道的满人，思想却汉化严重，沉迷于汉文化、艺术，结交了一大批顾贞观那样的文友。

他无力改变所处的环境和自己的命运，更无力改变帝王的安排，生在皇室贵胄之家，偏不爱富贵，无心功名利禄。

也许，在他的内心或灵魂深处，总感觉缺少了些什么吧？所以他的词作里难以名状的忧伤杂如春草，密密匝匝。

有人说，有些武夫，明明长着李逵的外表，却生着林妹妹的心。而容若，却是宝哥哥的外表林妹妹的心。性格决定命运，他的多愁贯穿整个的生活，或许这也是他韶华早逝的原因吧。

容若文武双全，他常以武官身份参加一些文坛的诗文之事，因为才华过人，又是马背上成长起来的八旗子弟，以骑射见长，所以，康熙无论南巡北狩还是四方游历，他常伴其左右，有时也奉命参与重要的战略侦察。

所以，沿着大清江山起起伏伏的出线，他伴驾东奔西走，多次外出巡查京畿、塞外、辽东、山西、江南，因此创作出不少出塞词。

《柯亭词论》中蔡嵩云论："纳兰慢词不如小令，纳兰小令，丰神迥绝，学后主未能至，清丽芊绵似易安而已。悼亡诸作，脍炙人口。尤工写塞外荒寒之景，殆扈从时所身历，故言之亲切如此。其慢词则凡近拖沓，远不如其小令，岂词才所限欤。"

谭复堂论："容若长调多不协律，小令则格高韵远，极缠绵婉约之致……第其品格，殆叔原、方回之亚乎。"

这一年，康熙十七年（1678）十月，容若随康熙北巡塞上。恰逢边塞大雪，浩浩荡荡的皇家车队，逶迤在塞外的古道上。

这一年容若 24 岁，他一身华服，披着斗篷，按辔下马，凝望着漫天飞雪出神。

十月的塞外，已是寒气逼人。落在他掌心的雪花顷刻间就融化了，只留下一抹微凉，蔓延至心上。

他站在红尘之外，打量着它，有些顿悟，雪花是花又非花，它"不是人间富贵花"，它真的不一样，它别有根芽，亦有别样的风骨，愈寒愈美，高洁、晶莹、不染世俗的纤尘，相反，它却给这个喧嚣蒙尘的世界带来了一片洁白。

这一生，能给皇帝做近侍，何等的幸运和荣宠！容若和康熙同龄，本都是骄傲的男子，也曾惺惺相惜，却被皇权地位分割到两个不同的世界，君与臣自古泾渭分明。

他心比天高，不甘心做一个奴才，偏又不能违背皇权。他的骨子里流淌着向上的血液，也有浓郁的家国情怀。他也想有自己的一方舞台建功立业，实现自己的人生价值，可是，命运偏偏把他禁锢在这个狭小的圈子里。

做星星从不想和太阳争辉，他也从不曾想和帝王一较高下。做帝王的近侍，保护一个生命里最近的男人，而这个男人是天下的老大，且能主宰着他的一切，包括他的人生和命运。那帝王雨露恩泽，万世荣宠，像一座山罩在他的心头，压得他喘不过气来。他若只是一个武夫也就罢了，可他偏生着一颗玻璃玲珑心。

自担任侍卫以来，他尽忠职守，或值夜或巡逻，南巡北狩，做得细致入微，细腻周到，"御殿则在帝左右，扈从则给事起居，须臾不离皇帝左右。吟咏参谋，备受恩宠。"

史书载：容若深得康熙喜爱，"及官侍从……无事则平旦而入，日晡未退，以为常。"但他从未因帝王的偏爱而有恃无恐，相反却是"日观其意惴惴有临履之忧"，"无几微毫发过"。

这些足以说明容若并不是不堪世事、不堪官场规则的愣头青，相反他时时处处如履薄冰，小心翼翼在官场行走。做人，进退有度，从不逾越，为人臣子，恪守臣节。应对官场之事，服侍帝王，得体又从容。假如他一心一意做官，或许，他真的能做得很好。只可惜，他的心不在这里。

他有出众的学问和诗文特长，康熙也喜好风雅，每有吟兴，他都能陪他吟诵唱和，出口成章，君臣相和，相处融洽，颇有情调。

父亲位高权重，在最兴盛的时代可谓一人之下，万人之上，明府门前，曾经车水马龙。盛世宠儿，高贵的血统，权势显赫的家庭，皇帝近侍的特殊身份……他什么都有，而这一切不仅没让他感觉快乐，反而为此所累，成了"人间惆怅客"。

容若曾为康熙献上了不少诸如《驾幸五台山恭纪》《塞外七夕》《扈从圣驾祀东岳礼成恭纪》《秣陵怀古》《江南杂诗》之类作品，让康熙龙颜大悦，在考察民情旅游之余，添了不少别样的乐趣。

但让容若写那些纯粹的应制诗，堂而皇之地为皇上歌功颂德，并非他所长。康熙很喜欢他的诗文，时不时赏赐金牌、字帖、佩刀等给他。

而他的大多数作品还都是写给自己的。

他就是"人间富贵花"，偏不爱富贵花，对雪花这类圣洁之物极为偏爱。他心气极高，拥有和雪花一样高洁的品格、不羁的灵魂。他是一个矛盾的综合体,终其短暂的一生,都没挣脱出那个束缚着它的政治牢笼。

菩萨蛮

朔风吹散三更雪,倩魂犹恋桃花月。梦好莫催醒,由他好处行。

无端听画角,枕畔红冰薄。塞马一声嘶,残星拂大旗。

这首词写的也是塞外风景。

塞外,一夜北风紧,雪花被北风裹挟着,肆意飘扬。

在这样的雪夜里,她徜徉在一个温暖的梦里,梦中有一种无形的力量在牵引着她,向着有他的方向缓缓前行。

塞外,边关,他也入梦,梦里见到了分别已久的她。他被营帐外的画角声惊醒,醒来时已被思念的泪水打湿了枕头,结了一层薄冰。

营帐外战马嘶鸣,凉薄的星光洒在大旗上,他披衣出帐,回味着刚才的梦。

他是记梦的高手,像一个很职业的剪辑师,将上下片的两个梦有效地衔接在一起。心怀思念的人是相通的,纵使远隔关山重重。在写给妻子的《卜算子·塞梦》中写道:"塞草晚才青,日落箫笳动,戚戚凄凄入夜分,催度星前梦。"

一年里,容若在家的时候少得屈指可数,虽然算不上是职业的军人,可是工作的性质却决定了他长期伴驾,羁旅的行程总是太长太长,他厌于扈从生涯,思念妻儿,想念在北京的家，相府庭院深深，却因为妻子的爱而温暖。身居塞上，心系家园，远行千里万里，相思不灭。

　　所以，容若的塞外词，除了写景，一直与相思缠绕，依然有淡淡的抑郁愁苦蕴含其中，挥都挥不掉。

北巡，夜深千帐灯

长相思

山一程，水一程，身向榆关那畔行，夜深千帐灯。

风一更，雪一更，聒碎乡心梦不成，故园无此声。

容若陪驾康熙，踏遍了大好河山。康熙十六年（1677）十月，他扈从赴汤泉；康熙二十二年（1683）六月、七月，奉太皇太后出古北口避暑，康熙二十三年（1684）五月至八月，出古北口避暑。

康熙二十一年（1682）二月至五月，他随驾巡视盛京、乌喇等地。

《康熙起居注》：康熙二十一年（1682），二月十五"上以云南底定，海宇荡平，前诣永陵、福陵、二十三日出山海关东巡，前往奉天昭陵祭祖"。

早春二月，风瑟天寒，大队人马要开拔，容若护驾跟随康熙，一路浩浩荡荡奔赴山海关。一程又一程，家在身后，爱人在身后，离家的脚步越来越远。羁旅天涯，他第一次见到了塞外的风雪，轻扬的雪花给单调的羁旅行程带来了几许浪漫。

千里冰封，万里雪飘。整个队伍行进速度也因风雪交加的缘故，慢了下来。

长相思，词牌极为动人，乐府组诗《古诗十九首》里写道："上言长相思，下言久离别。"

如李白的《长相思二首》、李煜的《长相思·重山》、白乐天的《长相思·汴水流》描写的都是儿女情长、男女相思之情。而容若这一阕《长相思》写的却是边塞。

那昔日的清丽、婉约、凄凉、哀婉，也随风雪飘飞而变，第一次见容若把豪放和婉约兼容，词风变得雄浑、豪迈起来。他并非只是懂得儿女情长，虽然他情长了一辈子，塞上词在这里却绽放出别样的风采。

我们才看到原来已被汉化了的容若，骨子里依然有着从父辈那里遗传下来的满族男子的雄风。

他写"夜深千帐灯"，这一笔，壮丽辉煌，景物在他笔下是灵动的。写景，一直是他的强项，塞外的风景经过他的笔，彰显了一份别样的粗犷。

和以前的词相比较，这一次他写出了不同的格调。在男人的世界里，有时儿女情长的比重也会倾斜，毕竟男子之魅力，有时是靠事业之花催开的。

巍峨群山被无边的黑暗吞没，天渐渐黑了下来，大军接到皇上诏令，就地驻扎宿营，军士们扎起帐篷。

帐篷里，马灯闪烁，漫山遍野全是灯海营帐，连绵起伏着，蔚然壮观。

一路走，一路念，家渐渐抛在身后。山海关畔的三月，霜寒夜冷，竟然飘起了雪花。

严昌迪《清词史》："'夜深千帐灯'是壮丽的，但千帐灯下，照着无眠的万颗乡心，又是怎样的情味？一暖一寒，两相对照，写尽了容若厌于扈从的情怀。"

野外行军千里奔行出塞，山水兼程，又扈驾而行，安保问题尤为重要，容若一丝一毫也不敢松懈，在当时的条件下，其中艰苦可想而知。

一路鞍马劳顿，遥远征程远无尽头，灯光在雪夜中摇曳，思念在心头，他开始想起北京的家，妻子，孩子……一家人相守在一起的情景。

这样的夜，营帐里马灯下，有多少人和自己一样无眠，在思念着关内的亲人！

他失眠了。更深夜长，而现在他身处边关，思乡愁绪漫卷，无法释怀。

他是一个多情之人，三十年人生中，亲情、爱情始终是他生活的主题，正因为多情，他才被情所困。这首词情中写景，景中有情，报国之志蕴含其中，铁甲柔情分外动人。

但作为一个侍卫，他更忠于职守，恪尽职责，风雪交加也无所畏惧。

食君禄，报君恩，许他忠诚，许他护卫，容若义不容辞，现在，他不再是一个文人、词人，而是个铁血的军人。

此时此刻，所有的儿女情长和心中浓化不开的乡愁，都深埋在心里，担当起他一个侍卫的职责。他着铠甲，挥兵器，和普通军士一样巡营护卫。

好男儿，当以舍弃小家之乐，报效国家，这才是男儿本色吧。

一句"夜深千帐灯"被王国维赞为"千古壮观"。

容若的很多塞外词中，儿女情长不再是主题，也非纯粹抒情，而是将两者有机融合，写出了专属于他集豪放与婉约于一体的词作。

如梦令

　　万帐穹庐人醉，星影摇摇欲坠，归梦隔狼河，又被河声搅碎。还睡、还睡，解道醒来无味。

这一阕词也是写在康熙二十一年（1682）的东巡途中。出关后大军迤逦到了白狼河畔（今辽宁省境内的大凌河）。

那一夜，皇上下令破了戒酒令，将士们在圆形的毡帐中，酣歌痛饮，一醉方休。容若也喝了几杯薄酒，恍惚间，他看到边关的夜，满天星斗都在眨眼睛，无垠的星空仿佛刹那间摇摇欲坠，乡愁不小心就跌进杯中。

醉吧！睡吧！梦里，万里奔行就能回到家。就算是梦不到妻儿，梦不到亲人，在梦里也比醒来时百无聊赖的好。而白狼河滚滚的河水却隔断了回家的路途，把乡愁的梦搅碎湮没。

古代人出行，交通工具落后，关山重重，山长水远，苦旅天涯，马背上看日落，不知道何时才能到达目的地。

梦里几度辗转，夜阑独醒，几分寂寥，几分萧瑟，凉薄的心境如水。思乡的愁绪缠缠绕绕一直蔓延到天际。

塞外风景极佳，可阻挡不了他对故园、对家的思念。他是叶赫那拉的后代，却早已把北京当成故园，当成家。这首词他写景，写大军行营，写边塞雄浑的风，他亦言情，以词写心，托物言志，词人写的是专属于自己的乡愁，及一腔孤凄情怀。

周颐在《蕙风词话》中评纳兰："纳兰承平少年，乌衣公子，天公绝高，适承元、明词弊，甚欲推尊斯道，一洗雕虫篆刻之讥。独惜享年不永，力量未充，未能胜起衰之任。其所为词，纯任性灵，纤尘不染，甘受和，白受采，进于沉着浑至何难矣。"

随驾巡视昌平时，他在《虞美人》中写道："朔鸿过尽归期杳，客里年华俏。"在《浣溪沙·古北口》中写道："北来征雁旧南飞，客中谁也换春衣。"青春韶华，无声地流逝在颠沛流离的岁月里。

而特殊的家世，也注定了他亦会成为康熙暗中防范的对象，永远都不会有实现远大抱负的舞台。

没有人真正理解他，洞悉他的内心世界，所以他才在《清平乐·弹琴峡题壁》中写道："泠泠彻夜，谁是知音者？"世界这么大，知音能几人呢？

"极天关塞云中，人随雁落西风。"常年随驾出塞，他时常站在一望无际的旷野里，看天地相接，心境无限苍凉。有时，他感觉自己就是这苍茫天地间的一粒尘埃，孤独飘浮在红尘中，他就是一抹烟火，摇曳在风中。

寂寞的容若，孤独的容若，一个矛盾又彷徨的容若。

也许，在他的心里渴望过顾贞观那样肆意、自由的生活，不为世俗所牵绊，写写诗，填填词，或携手爱人于盛世华年，或花前月下，或看芳草斜阳。他愿意以这一身荣华，换取一世自由自在，过那种出世的超脱生活。

其实，在他的很多的塞上词里，总能让我们更多、更深地体味到他那颗不谙世事的心里深藏着更深的、高尚的人格追求。比如《南歌子·古戍》：

> 古戍饥乌集，荒城野雉飞。何年劫火剩残灰，试看
> 英雄碧血，满龙堆。
>
> 玉帐空分垒，金笳已罢吹。东风回首尽成非，不道
> 兴亡命也，岂人为。

他用他的眼来看历史、看当下的政治现状，看他所服务的康熙大帝治下的大清王朝，看人生百态、官场万象。像曹雪芹写《红楼梦》一样，不谈政治，只话风月情事。但他却又偏有那么多不满现实的思想和关心天下黎民苍生的良善之心。

伴驾巡查南北，一路目睹百姓疾苦。他离康熙很近，而他"而不敢易言之"。他无力改变社会现状和所处的大环境，却又因站在高层，自小就把一切洞悉得透彻，所以，渐生厌倦无奈之感。他一直在彷徨挣扎，却偏又挣脱不掉身上的枷锁。纵然"生得满身香"到头来也不过"添哽咽，足凄凉"。

所以，他的塞上词里，总是包含着无法遮掩的乡愁和对仕途的厌倦。那份难解的孤独，无人能懂，让人读来，也难掩哀伤。

浣溪沙

已惯天涯莫浪愁，寒云衰草渐成秋。漫因睡起又登楼。

伴我萧萧惟代马，笑人寂寂有牵牛，劳人只合一生休。

忆秦娥

长漂泊，多愁多病心情恶。心情恶。模糊一片，强分哀乐。

拟将欢笑排离索，镜中无奈颜非昨。颜非昨。才华尚浅，因何福薄。

这两首小令，字字句句皆由心生，写出了他对仕宦生涯羁旅漂泊的厌倦之情。

他患有寒疾，长年辗转天涯，身体也越来越差。那生来就有的荣华富贵，到头来，都成了束缚他的禁锢，锁住了他生命中的自由。"模糊一片，强分哀乐"写出了他凉薄的心境，所以，他才会发出"劳人只合一生休"的慨叹。

千里赴戎机：万里阴山万里沙

浣溪沙

万里阴山万里沙，谁将绿鬓斗霜华。年来强半在天涯。

魂梦不离金屈戍，画图亲展玉鸦叉。生怜瘦减一分花。

"陇头明月迥临关，陇上行人夜吹笛。关西老将不胜愁，驻马听之双泪流。"这是王维笔下的边关。

"琵琶起舞换新声，总是关山旧别情。撩乱边愁听不尽，高高秋月照长城。"这是王昌龄笔下的边关。

唐代诗人笔下的边塞诗，荒凉中透出豪迈，像雄浑的军号，奏响在万里塞外，格调悲壮，意境高远。而容若的塞上词，风骨是豪放，内敛是忧伤，豪迈中转向凄凉。

康熙二十一年（1682）三月，容若曾赴山海关，宿滦河时写道："星影漾寒沙，微茫织浪花。金笳鸣故垒，唤起人难睡。无数紫鸳鸯，共嫌今夜凉。"

而容若的边关，并非像唐人的边关那样硬朗，而是沾染了南国的些许柔软和风情。

康熙即位后不久，"三藩之乱"爆发，沙俄也趁大清内乱之际，加速向东扩张地盘，占据了黑龙江上游地区。康熙二十年（1681），三藩已平，康熙便腾出手来解决边疆问题，曾派遣明爱等人前往雅克萨侦察。

东北是大清的龙兴之地，现在沙俄如此嚣张，康熙打算对沙俄用兵，他派出一支秘密小分队前往东北地区搞战略侦察。

《清实录》载："上遣都统郎坦、彭春等率兵打虎儿、索伦，声言捕鹿，以觇其形。"

梭龙，清代学者云："也作索伦，打虎山，也作打虎儿、打翰儿，是一个地域概念，是今天的黑龙江上游和中游及精奇里江流域的地区。"

且郎坦、彭春都是大清开国元勋之后，久经沙场，亦是八旗子弟中精明强干之人。按大清军制，将军出征，皇帝一般会派亲信侍卫随从。

侍卫要履行的职责就是随军监督将军行事和实际的战况，直接向皇帝报告。

而容若是康熙的一等御前侍卫，心腹红人，所以这次他肩负重任，随侦察小分队，千里赴戎机，出巡东北。

临行前，姜宸英赋诗为他饯行。

宿燕交送容若奉使西域

吹笳落日乱山低，帐饮连宵惜解携。

别梦已惊千里雁，征心惟听五更鸡。

侍中诏许离丹禁，都护声先过月题。

会看乌孙早入质，蒲桃苜蓿正来西。

一群热血男儿通宵畅饮，硬是把依依别情演绎成了打起背包上战场的豪情，大家共同举杯，祝容若出征顺利，姜宸英殷殷祝福，"会看乌孙早入质"。

康熙二十一年（1682），郎坦、彭春率领的侦察分队于第二天，正式踏上征程，在离京的途中，容若在长城的重要关口居庸关写下《采桑子·居庸关》：

巂周声里严关峙，匹马登登，乱踏黄尘。听报邮签第几程。

行人莫话前朝事，风雨诸陵，寂寞鱼灯。天寿山头冷月横。

还有另外两首：

浣溪沙

身向云山那畔行，北风吹断马嘶声。深秋远塞若为情。

一抹晚烟荒戍垒，半竿斜日旧关城。古今幽恨几时平。

浣溪沙

万里阴山万里沙，谁将绿鬓斗霜华。年来强半在天涯。

魂梦不离金屈戌，画图亲展玉鸦叉。生怜瘦减一分花。

这两首词选用了西子之词《浣溪沙》，皆为出征东北途中所作，此处放在一起欣赏。

容若御前侍卫的身份让他很难接触到真正的战场，据史载，他平生最近距离一次接近战场，就是这次做侦察兵。

他是满族家庭成长起来的骄子，第一次踏上这片土地，这里是他的先人们曾经征战的沙场，带着满腔热血出征，来到敌前。荒凉边塞，让他愁苦满怀，此时此刻，他心里澎湃着复杂的情感。

这白山黑水，是他真正的故乡，他的祖先们就是从这里挥戈南下，挺进中原，一统天下成为天下的主人。

容若一袭铁甲，一身悲慨，发出"古今忧恨几时平"的感慨。大清入关不过才几十年，历史的天空下，寂灭了多少厮杀的故事。而他内心深处却渴望和平，想尽一切可能去阻止杀戮。

临行前帝王的叮嘱犹在耳畔，无边暮色里他百感交集。此行能亲临边关，为他热爱的大清尽一个军人的绵薄之力，他深感责任重大。

侦察小分队出山海关后，直奔辽东，途经吉林，取道松花江，以狩猎为名，水驿兼程，沿黑龙江溯流而上，秘密抵达雅克萨附近。

关于这段历史，好友姜宸英在《通议大夫一等侍卫进士纳兰君墓表》中写道："二十一年八月，使觇梭龙羌，其地去京师重五六十驿，间行或累日无水草，持干糯食之。取道松花江，人马行冰上竟日是，危得渡。仅低其界，卒得要领还报，上大喜。君虽跋涉艰险，归时从奚囊倾方寸札出之，叠数十纸，细行书，皆填词若诗，略记其风土方物。虽形色枯槁不自知，反遍示客，资笑乐。"

此行，不是大张旗鼓出行，而是秘密行军，颠沛跋涉，恰逢松花江结冰，其艰辛可想而知。到达目的地后，他们分头行动，在边境各族百姓的协助下刺探军情，沿水陆通道，进行战略侦察。用时一月顺利完成了战略侦察任务，还对当地百姓进行了安抚，为下一步康熙制定反击沙俄侵略的战略部署提供第一手翔实的资料。

戎马行军间隙，容若都会即兴填词，记录沿途所遇一些景物、人文风情等。出征的四个月间，容若在纸上密密麻麻写满了小字。一部分是他在行军间隙填的词，另一部分是随记黑龙江一带的形势和敌情，包括地形险易、山川形势、人的情性、道路远近等。他呈给康熙后，康熙大悦。

一年后，朝廷在黑龙江古城废墟上建爱珲城，备战炮具船舰，在呼玛尔设斥堠。三年后，清军调集军队，水陆并进，与沙俄进行了两次雅克萨之战，于康熙二十六年（1687）十一月，中俄之间正式缔结签订《中俄尼布楚条约》，成功阻止了沙俄的向南扩张，为中俄睦邻关系奠定了基础。

就算容若 31 年人生只是舞文弄墨，以词名流传后世，那么他的人生也因这次戎马经历，给自己武官的岁月写下浓墨重彩的一笔。

沁园春·试望阴山

　　试望阴山，黯然销魂，无言徘徊。见青峰几簇，去天才尺；黄沙一片，匝地无埃。碎叶城荒，拂云堆远，雕外寒烟惨不开。踟蹰久，忽砯崖转石，万壑惊雷。

　　穷边自足秋怀。又何必、平生多恨哉。只凄凉绝塞，峨眉遗冢；梢沉腐草，骏骨空台。北转河流，南横斗柄，略点微霜鬓早衰。君不信，向西风回首，百事堪哀。

　　仅这一次出行，容若就写下了十几首的边塞诗词。和上一节的两首小令相比，这几首塞上词的景观，在他开阔的视野里，在他的笔下，变得更加宏大起来，却依然染上了他特有的悲愁的色彩。

　　但这一次，生命里唯一的一次，他的忧郁淡了，报国情怀浓了。在最前沿，他听到了青春澎湃的声音，好男儿当为国家做点贡献，这才是最有意义的生活。结束了侦察任务，生命里最紧张酷炫的军旅人生将告一段落，容若也将和他的战友们分别了。

　　"欲寄愁心朔雁边，西风桌浊酒惨离筵。"总是盼着任务快结束，盼着快回京，可是当他置身在离别的筵席上，和战友们痛饮别离酒时，他的心莫名地难过和不舍。这离愁婉约，却糅合了军旅男儿的英雄气概。

　　出塞前好友吴天章给他作《题楞枷出塞图》，朋友们纷纷在画像上题诗，回来了，容若自己也题了这首小令，便是这首《太常引》。

太常引·自题小照

西风乍起峭寒生，惊雁避移营。千里暮云平，休回首、长亭短亭。

无穷山色，无边往事，一例冷清清。试倩玉箫声，唤千古、英雄梦醒。

盛冬铃在《纳兰性德词选》中评论他的一首《点绛唇》时说："纳兰写月照积雪，雁起平沙，而人立西风之中，独对茫茫长夜、茫茫大地，表达了一种空旷寂寞之感。情景相生，颇具感染力。"

他有英雄梦，想笑傲浴血的疆场，而天涯羁旅，他的心境也是寂寥的。

他的塞上词，总能将不同的散落的意象自由地组合，使得词作平添了几分气势，就连他词作里的景物，都蒙上了一层浅浅的诗意的惆怅。

广东人蔡高评论容若说："尤工写塞外荒寒之景，殆扈从时所身历，故言之亲切如此。"

韩菼在《通议大夫一等侍卫进士纳兰君神道碑铭》中写道："康熙二十一年秋，奉使觇梭龙羌，道险远，君见行疾低其界，劳苦万状，卒得其要领还报，后梭龙输款，而君已殁，上时出关，遣宫使，使拊其筵而哭告之，重悯其劳也。"

唤千古，英雄梦醒的词人去世了。

他曾在前线尽职尽责地克服一切困难，完成了帝王赋予他的神圣使命，却没有等到捷报传来的消息。

当年出战东北侦察军情，安抚百姓，一切都有了一个圆满的结局，那些部族归顺了朝廷，皇上派人嘉奖，亲朋好友赞誉，而这些容若再也看不到、听不到了。

"了却君王天下事，赢得生前身后名。"多少成王败寇的千古绝唱，奈何"霸业等闲休"，"莫把韶华轻换了，封侯"。他早就看透了，千古帝王、千秋霸业到头来都会化作一抔土。

世间一切，繁华落尽终会成空。于他，从不做功名之想，这嘉奖、这赞誉都是身后名了。想来他也不会遗憾，因为他的人生也因那段军旅岁月而圆满。

第九章

盛年谢幕：纳兰心事几人知

一帽征尘，留君不住从君去

梁佩兰，容若的好友，自号药亭、二楞居士，"岭南七子""岭南三大家"之首，清初粤词大家，21岁时凭一首《养马行》蜚声岭南。他诗书满腹，热衷功名，却在中举后长达30年里，六次赴京城会试，屡试不中。

虽然科场失意，但他却在当时的文学圈子中混得风生水起。他的名气太大，以至于很多达官贵人都以得到他的题咏为荣。

康熙二十一年（1682）二月，梁佩兰第一次拜访容若，赠了首小诗给他。

赠成容若

不辞路途远，来登君子堂。

堂上何巍峨，棨戟树两旁。

云楣耀黄扉，虹霓贯干将。

梁佩兰和容若彼此欣赏，有着共同兴趣爱好，结为一生的朋友，梁佩兰也成为渌水亭的常客。

点绛唇·寄南海梁药亭

一帽征尘，留君不住从君去。片帆何处，南浦沈香雨。

回首风流，紫竹村边住。孤鸿语。三生定许，可是
梁鸿侣？

此时的梁佩兰已过了知天命之年，不再是初入京城时的
意气风发的青年，也没有了在老家时的风雅淡泊。留在京城
的日子已久，再次落榜后，他便回广东了，走之前特意填了
《点绛唇》组词三章，赠予容若。

容若用同样的词牌和韵律回赠了他，这一阕小令便是和
梁佩兰之作，也是他们友情的最好见证。

好男人志在四方，苦苦追求这么多年，还是与功名无缘，
不如退一步海阔天空。南海故乡未尝不是最合适的归去之所。
所以，容若并没有反对梁佩兰回乡。从北京到广东南海，跨
越大半个中国，一路颠沛流离，他也只能感叹"一帽征尘"。

婉约的容若此处添了几分从容不迫，低吟着"留君不住
从君去"。他们曾在一起肆无忌惮地饮酒、作诗、畅谈。既然
离别在所难免，南归已是定局，挽留都有些徒劳，还是把殷
殷的关怀和祝福都镌刻在船舷上吧，祝他南下一路顺风。

昔日分别的情景还历历在目，流年偷换中，转眼已是分
别后的第四个年头。

康熙二十三年（1684），容若终于结束了这两年频繁出塞
的岁月，虽然自己有了《侧帽集》《饮水词》，但他一直有一
个心愿，想编撰一部称心的词选。于是，他给梁佩兰写了封
信，便是这封《与梁药亭书》：

仆少知操觚即爱《花间》致语，以其言情入微，且音调铿锵、自然协律。唐诗非不整齐工丽，然置之红牙银拨间，未免病其版折矣。

　　从来苦无善选，惟《花间》与《中兴绝妙词》差能蕴藉。自《草堂词统》诸选出，为世脍炙，然陈陈相因，不意铜仙金掌中竟有尘羹涂饭，而俗人动以当行本色诩之，能不齿冷哉。

　　近得朱锡鬯《词综》一选，可称善本。闻锡鬯所收词集凡百六十余种，网罗之博、鉴别之精，真不易及。然愚意以为，吾人选书不必务博，专取精诣杰出之彦，尽其所长，使其精神风致涌现于楮墨之间。每选一家，虽多取至十至百无厌，其余诸家，不妨竟以黄茅白苇盖从荑荑青琐绿疏间。粉黛三千然得飞燕玉环，其余颜色如土矣。

　　天下惟物之尤者，断不可放过耳。江瑶柱入口而复咀嚼，鲍鱼马肝有何味哉。仆意欲有选如北宋之周清真、苏子瞻、晏叔原、张子野、柳耆卿、秦少游、贺方回，南宋之姜尧章、辛幼安、史邦卿、高宾王、程钜夫、陆务观、吴君持、王圣与、张叔夏诸人多取其词，汇为一集，余则取其词之至妙者附之，不必人人有见也。

　　不知足下乐与我同事否？有暇及此否？处雀喧鸠闹之场而肯为此冷淡生活，亦韵事也。望之。望之。

容若说，我一直很喜欢《花间词》，因为那些词作言情入微，有自然铿锵的韵律。唐诗和《花间词》比显得有些刻板。

我一直都没有一部好的词集。《花间集》和《中兴绝妙词》这两部集子还算好些。自各种选本的《草堂词选》刻印之后，虽称得上脍炙人口，但它选择不精，良莠不齐，以至于很多凡俗之人往往受它的影响，把一些庸俗之作当成词的本色，着实令人齿寒。

　　最近，朱彝尊又编成了一部《词综》，确实称得上是善本，听说他在编写的时候收集了一百六十多种词集，那么，这本词集的网罗能力和鉴赏能力都是一流的。但我认为，编选词集不一定非要求数量，选取质量好的作品便好。这么说来，一位词人选上十至百篇，若不好，选进去也无用。

　　但天下最美的东西不能放过。我打算多选北宋的周清真、苏子瞻、晏叔原、张子野、柳耆卿、秦少游、贺方回，南宋的姜尧章、辛幼安、史邦卿、高宾王、程钜夫、陆务观、吴君持、王圣与、张叔夏的作品，至于别的词人，只选他们绝佳的作品便好。

　　这样汇编成一本词选，不必面面俱到，也不必每个词人都要选录。

　　不知道梁先生可否与我一起完成这件事？不知道你有没有时间？置身于这个喧嚣浮躁的世界，默默编撰古人诗词佳作，这样的生活虽然寂寞，但也不乏为一件韵事吧。

　　现在的词作都不够完备，所以急需编撰一部新的词作，且是一部涵盖了豪放婉约各个流派的词集，这样的词作若编撰成功了，倒也不失为了个善本。

　　梁佩兰愿意与容若共编词选，应约北上千里抵京。

曾记年年三月病

　　就在康熙二十三年（1684）十二月，容若护驾南巡江南回京后不久，困扰他多年的寒疾复发，就一直病恹恹地躺着。

　　早在康熙十二年（1673），18岁那年春天，就因患了寒疾，而错过了殿试。他在《幸举礼闱以病未与廷试》"万春园里误春期"就有记载。

　　关于他的病，在一些词作中均有体现，如《病中过锡山》《暮春别严四荪友》的"病中别故人"，《河渎神》中的"药炉火暖初沸"，《虞美人》中的"药炉初沸短檠青，多情自古原多病"。病中的他心情恶劣，又思念亲人。

　　从这些词作中可以看出，容若得的是实病，也就是流传最广的"寒疾"。这是一个周期性的病，在每年的春季三月就复发，而且这么多年一直潜伏着。

　　最后这一次犯病《临江仙·永平道中》写道："曾记年年三月病，而今病向深秋。卢龙风景白人头，药炉烟里，支枕听河流。"

　　往年是三月发病，今年却是病向深秋。永平，在今河北省境内，长城以前是出关的必经之路，卢龙就是永平府的治所所在地。才离京不久，他就病了，恰又在行军途中，本来秘密行军，专挑那些人烟稀少的路线行进，其中艰苦可想而知。他卧病于行营，在药炉袅袅的烟雾里，听着江河在奔流，排解自己心中的愁苦。

他又道"缄书欲寄又还休，个侬憔悴，禁得更添愁"。病中，想家，想念妻子，想写信告她又怕她为他担心。

韩偓曾写道："争奈多情是病身。"

容若在《百字令·人生能几》中写道："愁多成病，此愁知向谁说。"

"愁多成病，病为愁成。"这好像已成了一种恶性循环。貌似年年生活在不如意中，心也病，身也病。

从离京后三月痼疾复发，一直拖拉到这一年的腊月，病情非但没有减轻，却反而加重了。羁旅行役，路途遥远，车马劳顿，过度的劳累，让他的免疫力下降，病情一直反反复复，拖拖拉拉直到第二年的春天才稍见好转，但并未痊愈。

新的一年开始，皇恩浩荡，31岁的容若升为一等侍卫。这预示着，开春吉利，康熙令容若赋《乾清门应制》，把《松赋》译为满文。一切都象征着有一个好兆头，他不久一定会被迁擢。

他的病情，在春天这个万物复苏的季节，再没有反复，反而趋向稳定，他的精神状态还好，只是心中怅然，因为就在他在江南时，吴兆骞客死京城，严绳孙辞职回老家了。

病中的人，最见不得离散，所以容若的心情糟糕到了极点，病骨孱弱，憔悴不堪。

越剧《红楼梦》里，林黛玉焚稿的片段，紫娟唱道："怎奈是一身病骨已难支，满腔愤怨非药治……"黛玉听到紫娟和墨雨议论宝玉成亲的消息后，病情日渐加重，决绝地撕帕、焚帕、焚稿，了断了最后一份念想，在宝玉大婚那晚，魂归离恨天。黛玉的病其实是不会导致她快速死亡的，最关键的是她的精神支柱塌了。仅是身体的病痛，不会那么快消磨一个人的意志，当这种痛蔓延到了她的精神层面时，这种腐蚀的痛像催化剂，直接导致一个人精神世界的坍塌和崩溃，从而失去活下去的希望。

而之于容若，落寞忧怀的性格，多情的秉性，遭遇爱情的创伤，爱妻早亡，知交好友的远离和离逝，长期心理的压抑和忧郁严重影响了他的健康，碾轧着他的心，吞噬着他的生命。而现实世界更加骨感，他站在权力的最高层，国家最高权力中枢附近，更能清楚地洞悉政治的残酷无情和官僚之间的尔虞我诈。

这一切让他心如止水，心灰意冷。他有时甚至想逃掉，直道"人间无味"。所谓性格决定命运，悲剧的命运，注定逃不过，只是没想到这一天来得太早了些。

绝笔阑珊，阶前双夜合

康熙二十四年（1685）阴历五月二十日。容若设宴，为从南海抵京的梁佩兰接风洗尘，举办诗会。

旧日的知己老友顾贞观、朱彝尊、姜宸英、吴天章，也都应邀前来，萧条了好久的渌水亭又变得热闹起来。

北京的夏季已经来临，相府里的明开夜合树已经伞叶如盖。

夜合树，又名夜合欢、合欢花，花丝粉红，盛夏时开花，粉朵朵地绚烂芬芳。走过合欢树下，就能闻到淡淡的花香，它白天开花，晚上闭合，所以又叫明开夜合。

也有记载，明开夜合树本名丝棉木，又名白杜、桃叶卫茅。初夏开花，淡绿色，每朵小花分为四瓣，夜晚花瓣微闭，似婴儿抱首睡眠，故称为"明开夜合"。

《红楼梦》第七十六回有关于"明开夜合"的片段记载。

现在后海宋庆龄故居，湖西岸恩波亭犹在，湖边有几棵高大的花树，旁边配有这样的文字：本名卫茅，初夏开小白花，昼开夜闭，为康熙年间大学士明珠之子纳兰性德手植。

近四百年沧海桑田，物换星移，时代疯狂变迁，历史的相册早已斑驳，明珠府，也经历了历史之潮的洗涤。乾隆时代的和珅别院，嘉庆朝的亲王永星府邸花园，后醇亲王载沣府邸花园，也称西花园。现在，东院为国家宗教局，西院为宋庆龄故居。

如今，渌水亭遗迹已模糊。

恰逢花期，一直郁郁而生的夜合花竟然都开了。朋友们难得相聚，推杯换盏好不热闹，大家便以《夜合花》为题，各自赋诗。

容若吟了这首五律《夜合花》：

> 阶前双夜合，枝叶敷花荣。
> 疏密共晴雨，卷舒因晦明。
> 影随筠箔乱，香杂水沉生。
> 对此能销忿，旋移迎小楹。

这卫茅，这明开夜合，究竟能不能画等号，今天的我们已无法从历史的缝隙里一寻端倪。

这首小诗清雅如兰，绝笔阑珊。包括容若自己都没有想到，这首诗会成为他留给这个世界的最后的告白，这次诗会后的第二天，他就病倒了，且一病不起。

但他请家人把小诗交给好友徐倬唱和。徐倬也是徐乾学的门下，康熙十二年（1673）的进士，任官翰林院侍读。后因病归乡，在家休养了十年，康熙二十三年（1684）返京。

在《道贵堂类稿·甲乙友钞》记载一首七律《成容若同年以咏合欢树索余和》，是他和容若的唱和。

青棠细缬映晴莎，韩重相思未足多。

花似鄂君堆绣被，叶同秦女捲轻罗。

树犹如此能堪否，天若有情奈老何。

定识云中并命鸟，深宵接翼宿琼柯。

徐倬写的和诗还没有送到相府，便传来了容若病逝的噩耗。他接着又写了一首《诗成未寄，容若已赴修文之召，即和前韵以弔》：

玉树长埋在绿莎，玉楼高处恨争多。

文章于世犹尘土，才调惟天恣网罗。

气夺千秋轻绛灌，诗传五字接阴何。

晓风残月招魂去，只恐难寻梦里柯。

第一首，作为一个和容若并不频繁联系的朋友，在小诗里却感觉到他郁郁寡欢的悲情情绪。这一段路，他走得好累，爱情的苦，官场的倦，抽丝剥茧一样消磨着他的灵魂和心志。30 年人生，被悲愁灌满，恋人走了，他肝肠寸断；妻子去了，他恨不得追随而去；枯树逢春时，和沈宛倾心相爱，彼此依傍，本想着能和她在这个冰冷的人世间，做一对相互取暖的同命鸳鸯，奈何现实的残酷一度超越了爱情的真。

天长地久有多久，爱到怎样才算浓？以至于他在生命的最强音奏到 31 岁的顶点时，他选择在卢氏的祭日（阴历五月三十日，公历七月七日）这天，来和这个他依恋的红尘世界做最后的告别。

他和他侍奉的帝王别过，和他的故友也都曾见了最后一面，再也心无挂碍，他要去那个世界与他的亡妻做一对"接翼宿琼柯"的"并命鸟"，求得生生世世的合欢。

生不同衾死同穴，既然生不能相守，死也要在一起。

那天，也是大清的七夕节，王母娘娘都开恩，牛郎挑着一双儿女和织女相会，鹊桥上喜鹊翩翩飞舞。爱情在天上，也在人间。容若这个相门翩翩公子，江湖落落狂生，清代第一才士，千古伤心词人，留给这世界最后一瞥，在病痛中溘然而逝。

"秋无限，消瘦尽，有谁知？"

锦绣丛中，繁华世界，不过一场大梦。31岁的红尘孤旅，他终于以这样一种决绝的方式，来了断他与这个世界的短暂尘缘。

中国历史上的词人，李煜生于七夕，被宋太宗赵光义毒死的那天也是七夕。

纳兰容若选择在卢氏的祭日七夕离去，给后世留下了最凄美的悬疑。

他最后留给我们的只有这首《夜合花》。那一天夜合花谢，凄凄凋零。花再美，总要离开枝头，人无论富贵与贫贱，总会离去。这个世界，万物荣枯终有定，离合岂无缘？

恩爱的夫妻，是有默契存在的，所以老天才会让他们在同一天再次重逢。他终不必再感叹"当时领略，而今断送，总负多情"，"忽疑君到，漆灯风飐，痴数春星"。他只知道这不再是幻觉，不再是一场梦。

"一生一代一双人，争教两处销魂。"曾经的爱情原来一直没有因两个人阴阳相隔而走远。那花前月下的温柔，那赌书泼茶的甜蜜，那无尽的直道无益的相思，这下，都可以重新来过吧！

"近来怕说当时事，梦里云归何处寻？"多情如他，他真的心无挂碍吗？孤独离开的沈宛他可放得下？现在相依相伴的妻子他可放得下？一群儿女他可又放得下？他猝然离逝，已经过了知天命之年的父母，他可抛得下？

儿女呼唤父亲，妻子痛哭丈夫，明珠夫妇白发人送黑发人……然而，这一切，容若再也听不到了。他去世后不久，著名的清官郭琇就在明珠53岁寿宴上，把罪状写成礼单副本弹劾，一举成功扳倒了明珠、福伦、余国柱集团，纳兰家族彻底走向衰败。

容若病逝后，他的生前好友纷纷为他撰写悼词。

恩师徐乾学为他写《通议大夫一等侍卫进士纳兰君墓志铭》："呜呼！始容若之丧，而余哭恸也。今其弃余也数月矣。又写《神道碑文》。"

韩菼写《纳兰君神道碑铭》："海内之知与不知者无不催伤。"

翁叔元在《哀辞》中道："余与君定交，自壬子同举京兆始也。方是时，君未弱冠，遵庭训闭户读诵，不妄交人。故同举之士百二十有六人，相互契合者数人而已。"

顾汧写道："楚声作歌一听之，知与不知尽伤哀。"

严绳孙撰《祭文》，姜宸英撰《通议大夫一等侍卫进士纳兰君墓表》，顾贞观撰《行状》，董讷撰《诔词》，张玉书撰《哀词》……

康熙二十五年（1686），容若被葬在纳兰家的祖坟皂甲屯，与卢氏合葬。

夫天地者，万物之逆旅；人生者，百代之过客也。天地无终极，人命若朝霜。

生命，原来是场无法回放的绝版电影，有他的这一场，至此剧终，再没有轮回，世间再无纳兰容若。

家家争唱饮水词，纳兰心事几人知？

当年柳永的词家喻户晓，"凡有井水处，皆能歌柳词"，而彼时，容若的《饮水词》也传至邮亭、教坊，并享有很高的声誉，流传在世逾三百年，拥趸无数，让我们苦吟至今。一个天才词人就这样走完他短暂的一生，唯有他留下的绚美辞章，在历史的天空熠熠生辉。

合上他人生的画卷，愿下一个轮回里，老天会多给他一些岁月，让我们和他，重来相见。